Poesia Mabel
Mabel Velloso

Poesia Mabel Mabel Velloso

organização

Érika Bodstein
Valéria Marchi

intermeios
CASA DE ARTES E LIVROS

LARANJA ● ORIGINAL

sumário

- **7.** prefácio
- **9.** eu
- **137.** outro
- **281.** nós
- **421.** cronologia da vida e da obra
- **427.** bibliografia
- **431.** das organizadoras
- **435.** poesia, Mabel
- **459.** índice de títulos e primeiros versos

prefácio

Caetano Veloso

Não posso ler os poemas de Mabel como quem abre o livro e os encontra. Já me dirijo à ideia da existência do livro com o coração comprometido. Reconheço cada núcleo de conteúdo, cada esboço de gesto de sentimento. Sou irmão. E irmão que era menino quando ela já estava virando mulher. Mabel foi, entre todos os meus irmãos, quem mais me influenciou intelectualmente em minha meninice. Eu me sentia parecido com ela. Morenos escuros ou mulatos de cabelo mole, ela e eu éramos como que geneticamente mais próximos de meu pai. E ela teve sempre a excitação mental que a levava para as letras e para ambições teóricas. Nicinha era música e meditação: me fascinava com sua sabedoria não estudada. Rodrigo era visualidade e discrição: me levava a desenhar e a aceitar o inexplicável. Mabel queria aprender a ensinar: reunia os temas dos outros mestres num projeto lúcido. Eu era mais ela. Clara e Roberto só vieram a me influenciar mais tarde: ele, na adolescência, ela na juventude. Bethânia e Irene, claro, por serem mais novas do que eu, também passaram a influenciar depois. Mabel foi meu primeiro modelo de projeto. Reler seus poemas me leva não apenas a reconhecer cada pedaço de arquitetura e urbanismo ou cada minúcia geográfica: também me põe diante dos processos sentimentais que exigem a criação dos mesmos. Por essa razão, "DNA" (com adesão significativa à forma inglesa da sigla - que venceu a portuguesa ADN, que foi como ainda aprendi - por parte de uma professora que atuou nos anos 50, 60 e 70) é o poema central para mim. Ela o dedica a seus irmãos. Não posso imaginar que um de nós o leia sem chorar. Mabel gosta de chorar. Mas o pranto provocado em nós por esse poema não nubla. Esclarece todo o campo emocional de cada oração a Nossa Senhora, da cada canto ao amor das filhas, de cada retrato de parente ou figura de rua de Santo Amaro. E, claro, também os poemas de lamentação da perda do grande amor. Esse poema reafirma ainda o mistério das cenas de novo amor – e isso é o modo de esclarecê-las. Reunidos assim em antologia, os poemas e Mabel me pareceram mais fortes do que quando os li pela primeira vez. Mas quem sou eu para julgá-los? Estou perto demais deles. E tudo o que sei comecei a aprender com Mabel.

eu

ladainha de Santo Amaro

Para Maria Bethânia

Nossa Senhora, Mãe de Jesus,
Nossa Senhora, que é minha Mãe,
Nossa Senhora de todos nós,
Roga por tudo, que tudo é Teu,
Roga por cada coisa, por cada ser,
Pelos que cantam, pelos que choram,
Os que Te esquecem, os que Te imploram.
Nossa Senhora, Nossa Maria,
Ajuda a tudo que peço aqui,
Pois tudo é Teu, Doce Maria,
O mar azul desta Bahia,
O céu azul que não tem fim.
Maria dos tamarineiros
E do Cais de Doutor Pinho,
Do manguezal, dos riachos,
Dos dendezeiros bonitos
Que enfeitam cada caminho,
Maria das fontes limpas
Da Pedra e de Oliveira,
Fonte do Oiti e do Brejo,
Maria das Cachoeiras
Do Urubu, da Vitória,
Maria das águas claras

Que brincam por sobre os seixos
Lá no rio do Timbó,
Maria do Subaé
De águas tristes, pesadas,
Maria dos barcos, canoas,
com velas cheias de vento,
Maria da Itapema, Maria de Capanema,
Maria das canas doces,
Dos alambiques, do mel,
Dos cajus, dos araçás,
Maria das folhas, das flores,
Das sementes, dos espinhos,
Maria de cada casa
E de todos os caminhos,
Roga por nossa Terra
Por aqueles que sem terra
Lutam para não morrer,
Maria da nossa infância,
Dos carros de boi,
Dos bondes que nos levavam
A passear pelos trilhos
Os dois burrinhos na frente...
Maria da Praça, do Conde,
Dos navios, do vapor,
Maria de toda gente,
Maria de todo amor,
Maria de cada Igreja,
De azulejos, alfaias,

Redomas, lindos altares,
Do Museu, do Paraíso,
Maria das procissões,
Das festas, das romarias,
Dos cânticos, da alegria,
Maria de cada noite,
Maria de todo dia,
Maria da esperança,
Da ternura, do alento,
Maria até do tormento,
Da dor, de muita saudade,
Dos coretos, dos cinemas,
Maria da Lira, do Apolo,
Do Botafogo, Ideal,
Maria do Bacurau
E dos Amantes da Moda,
Das quadrilhas animadas,
Dos Ternos e Samba de roda,
Maculelê, Capoeira e do Baile Pastoril,
Maria dos pescadores,
Do catador de mapé,
Das cordas de caranguejos,
Maria dos meus amores,
Dos meus sobrados tristonhos,
Dos meus mais doces sonhos,
Do primeiro namorado,
Maria lá do Mercado
com a farinha branquinha,

Maria dos seresteiros,
Dos cantadores, poetas,
Maria das voltas na Praça,
Das conversas no Senado,
Maria dos sinos plangentes,
Maria das torres acesas,
Da palmeira solitária
Que o raio não cortou,
Maria da Baronesa,
Maria do "Lindro Amô",
Maria da Prefeitura,
Da Rua do Imperador,
Do Convento dos Humildes,
Da Maternidade, das pontes,
E da Estação do trem
Que passa e apita tristonho,
Maria de todo sonho,
Maria do meu Motriz,
Maria das arraias
Que voam soltas no céu,
Maria do Chafariz,
Maria da música, da harmonia,
dos pratos e do pandeiro,
Das festas de fevereiro,
Maria das chegadas
E também das despedidas,
Maria de tantas vidas,
Maria dos hospitais,

Dos médicos, das enfermeiras,
Maria do nunca mais...
Maria do Cemitério,
Maria do sempre, do agora,
Maria de toda hora,
Maria do meu passado,
Do meu futuro também,
Maria da vida toda,
Maria que eu quero bem,
Maria de escolas pobres,
De crianças sem brinquedo,
Maria do nosso medo,
Maria de analfabetos,
Maria do A B C,
Maria de Mãe Canô,
Da saudade de meu Pai,
Maria de meus irmãos,
Maria dos meus amigos
E dos amigos que perdi,
Maria das minhas filhas,
dos meus netos, meus alunos,
Maria dos sentimentos,
Das mais doces emoções,
Pelo amor do teu Jesus.
Guarda nossos corações.

meu primeiro canto

Para meus pais

Nasci numa madrugada
de uma quarta-feira de cinzas
de um ano que longe vai
Minha mãe me aguardando
sentada na sua cama

bem juntinho de meu Pai.

minha mangueira

Nasci numa casa grande
brinquei num quintal maior
que tinha em meio a mangueira
que para mim era a selva
era castelo e cabana
dependendo do brinquedo
que eu quisesse brincar.

A mangueira tinha história
como tudo lá de casa
foi Joãozito quem plantou
quando ainda era menino
e como gente da gente
a mangueira ali morava
no quintal de lá de casa.
Quando nasci já encontrei
muitos frutos no quintal
que a mangueira atirava
quando o vento balançava
seus galhos tão coloridos
que enfeitavam sua copa
e enfeitavam minha vida.

A mangueira foi cortada
quando mudamos de lá
sei que ela não sofreu
com a força e a maldade
do machado que a cortou
já estava meio morta

minha saudade a matou.

A casa da gente era grande e tinha quintal.
No quintal sempre limpo, a mangueira que viu a gente crescer.
Éramos quantos? Oito irmãos... casa cheia.
Minha Ju, minhas primas... casa cheia.
A mangueira nos dava sombra e frutos. Sombra e frutos...
Na escola eu cantava um hino que dizia assim.
Eu lembrava do meu quintal e da mangueira da gente.
Embaixo da sua sombra a vida foi sempre tranquila.
Os nossos brinquedos cresciam em seus galhos e as folhas secas e as mangas pecas serviam de dinheiro e carneiros.
Embaixo da mangueira, a terra era sempre úmida e a sombra calma e fresca.
Em volta, cheiro de terra molhada e folha verde.
Pela vida a fora procurei sempre mangueiras mas cortaram do meu caminho muitas sombras e levaram os frutos doces para longe.

meu Recôncavo

Para Perpétua e Édio Souza

Terras molhadas
massapê grudento
quem podia correr
dentro do tempo
se a própria Terra
tinha o passo lento?

Ruas nasciam
procurando os rios
formando filas
de casas bem juntas
que assim desciam
por caminhos frios.

Casa dos ricos
cheias de janelas.
Grandes sobrados
com quintais compridos.
Casa dos pobres
com suas taramelas.
Longe os engenhos

cana pra moer.
O açúcar branco
a nascer do caldo
doce, escuro, quente
sempre a correr.

Casas de farinha
com seu cheiro forte
e seu forno quente
o pó se mistura
ao suor e à alma
da sua pobre gente.

Os carros de bois
vão chiando manso
a cantarolar.
Nos torrões da estrada
geme a saudade
nos faz recordar.

meu massapê

Para Jorge Portugal

Meu massapê é gostoso
gostoso de se pisar
engole o pé quase todo
mas o pé vai adiante
e torna a sentir o gosto
de estar preso no chão.
O massapê solta o pé
mas prende meu coração.

Quando acordo, se choro, minha lágrima tem gosto de caldo de cana. Viro para o outro lado. Sonho outra vez. Compro mapé no mercado e sequilhos no Convento.
Na Estrada dos Carros vejo as casas de Naná e Dona Inha. No Sergi-Mirim a casa de Tia Geny e o Alambique de Tio Sinhô.
Do alto de São Francisco olho a Cidade inteira.
Lá em cima o Cemitério.
Continuo...
Aquela Terra não me esquece...

santo Amaro

Para meu Pai.

Não há mais o Conde
nem há Baronesa
mas temos a Praça.
Na minha cidade
não há mais coreto
nem Amantes da Moda
mas há trio elétrico,
na minha cidade.
O açúcar acabando
o chumbo fervendo
o papel se espalhando
na minha cidade.
Parados os bondes
sumiram os navios
só carros rodando
na minha cidade.
As festas crescendo
com muita alegria
trazendo turistas
pra minha cidade.
Maria Pé no Mato
já saiu da roda

mas plantou o samba
na minha cidade.
Não tem mais Popó
com seu assovio
tem maculelê
na minha cidade.
E o rio Subaé
e o rio do Timbó
são águas tranquilas
da minha cidade.
As Fontes da Pedra
e das Oliveiras
são águas tão puras
da minha cidade.
E minha Itapema
e o meu Cabuçu
são sal e encanto
da minha cidade.
Tudo isso me alegra
traz felicidade
mas sofro tão longe
da minha cidade.

menino de cabelo verde

A Maria, Jota, Moreno e Rodriguinho

Meu pedacinho de terra
é Santo Amaro
Menino bonito
de cabelos verdes
feito das folhas
do canavial.

Ele é mais lindo
quando a cabeleira
fica flechada
e parece o mar
cinzento e calmo
quando tem luar.

As noites em Santo Amaro são de uma frieza gostosa.

O frio se espalha pelas ruas. O sereno molha os bancos dos jardins e escorre nos vidros dos carros.

Das vidraças dos sobrados também escorrem gotas de sereno.

Todas as casas se fecham cedo para que a frieza não atravesse os corredores e se aloje nos quartos.

Nas camas antigas os lençóis ficam mais frios.

A noite chega ligeira.

As ruas se espreguiçam muito úmidas.

A Cidade dorme cedo.

praça de minha terra

À minha irmã Nicinha

Minha Praça
é bonita
parece menina
nova
que muda sempre
de roupa
que fica sempre
formosa
coberta de flores
novas
com cheiro
de manacá
A minha Praça
parece
que sempre
brinca de roda
com todo povo
de lá.
É tão gostoso
rodar
em volta
da minha Praça
é tão gostoso
rodar.

minha bandeira

Na festa
da minha terra
na lavagem
na novena
eu me pego
a cada tom
a cada prece
me prendo.
E vou sonhando
dançando
rezando
chorando
empunhando
minha bandeira
que é o amor.

amor chuva

Eu tive um amor assim como uma chuva
que cai lentamente em terra seca
que me molhou, me regou, e me fez fértil
me encheu de prazer e de frescor

O meu amor assim como a chuva
aumentou, fez-se forte em aguaceiro
e me inundou. Transbordou e se espalhou
por toda parte de meu corpo inteiro.

O meu amor assim como a chuva
foi passando passando mas deixou
um arco-íris de sonhos e de esperanças
que nino no colo: três crianças

MINHAS FILHAS que felizes não percebem
que minha terra fértil está secando
e só possui aqui uma poça triste
de uma goteira de lágrima persistente.

O melhor tempo de mim entrou pelo portão de ferro, porta sempre aberta do meu ontem. Por ele entrou meu primeiro amor.

Subiu as escadas, correu toda casa, conheceu cada canto, se emaranhou em mim.

Meu amor de brinquedo que se quebrou tão ligeiro...

Por que sempre vem gente malvada quebrar o brinquedo da gente?

amor gente

Sou tão feliz
por ser mãe
por ter parido
três vezes
por ter comigo
três filhas
por meu amor
virar gente.

minhas filhas

Jovina, Clara, Isabel

Das alegrias da vida
a alegria maior
foi parir minhas meninas.

Dos cuidados da vida
o cuidado maior
foi criar minhas meninas.

Dos receios da vida
o receio maior
ver crescer minhas meninas.

Das tristezas da vida
a tristeza maior
ver chorar minhas meninas.

Das esperanças da vida
a esperança maior
ver viver minhas meninas.

Minhas filhas nasceram em dias ímpares!

Repetia isto como brincadeira mas é esta a minha maior verdade.

Nada igual ao nascimento delas. Para comprovar ímpar também é a data de cada uma: 1, 5, 19... Os números não me deixam mentir...

Escolhi para cada uma um nome, um berço, um cortinado.

Escolhi Padrinhos e Madrinhas, Jardins e Escolas.

Na casa escolhi o melhor canto para berço e os melhores cantos para ninar cada uma.

Ah! Se eu pudesse escolher os seus destinos...

bonecas

Minhas bonecas de louça
eram brancas pequeninas
tinham olhinhos bem pretos
parecidos com os meus
dormiam dentro de caixas
forradas de seda fina
foram pra mim o encanto
do meu tempo de menina.

Cresci, ganhei três bonecas
de olhos iguais aos meus
ah! quem me dera guardá-las
pra sempre dentro de mim
forradas com seda fina!
e que pra sempre elas fossem
a alegria e o encanto
como foram as bonequinhas
do meu tempo de menina.

minha escola

Tenho saudade da Escola
onde estudei tabuada
em volta da mesa grande
com bancos dos seus dois lados

Recordo dos meus cadernos
sempre forrados de azul
da minha pasta tão cheia
de coisas que não pesavam

Meus livros todos marcados
com santinhos coloridos
dados pelas colegas
do convento dos Humildes

Em cada santo um recado
escrito com letra fina
falando dos meus amores
de meu tempo de menina
No pátio era o recreio
entre as avencas bonitas
que a boa Madre Alice
não nos deixava tocar
E os retalhos de hóstia

nos davam como presente
precisava ser bonzinho
e saber se comportar

De cada janela aberta
eu olhava para baixo
pra ver a coisa mais linda
– o meu Subaé passar

O sol entrava brincando
corria todo o salão
as internas costurando
rezando terço ou a cantar

No canto estava o piano
Irmã Celecina ali
tocava tanta beleza
como eu gostava de ouvir

Na lâmpada da capela
acreditava tão certa
Jesus dormia ali dentro
no sacrário todo em ouro

O eco da minha vida
grita aqui dentro de mim
pedaços da minha infância
pedaços longe de mim.

Na varanda eu brincava de Mãe e de Professora.

Eu queria ser Mãe e Professora.

Contava as janelas e dividia com as pessoas lá de casa. Dava uma janela para cada pessoa e ainda sobravam algumas. Não sabia o que fazer com as janelas que sobravam ou com as pessoas que faltavam.

Eram as janelas do sótão que sobravam de um lado e do outro. As pessoas faltavam em mim.

Por que tantas janelas?

Olhadas de fora eram iguais. Bonitas. Pintadas a óleo. Janelas abertas no meu ontem que virou hoje.

A varanda está vazia de brinquedos. Abro os olhos. As janelas fechadas. A casa quase vazia. Sobram já muitas janelas.

Não sei mais brincar de Mãe. Sou Mãe de mesmo e Professora. Já tenho neto que me pede que não chore e diz: A RUA É MÃE DA CASA, A CASA É MÃE DA JANELA.

Minhas filhas batem a porta e saem. Minhas filhas, janelas do meu amanhã.

Meu neto, janela do meu depois.

anjo preto

Porque nasci mais morena
do que Clara que era clara
não me vestiram de anjo
nem me deixaram subir
no altar da grande festa
que é a coroação
fiquei debaixo espiando
com pena de minha cor.
Será que Nossa Senhora
escolhe a cor dos seus anjos
tem preconceito de cor?

Felicidade para mim não era "brincadeira de papel" como eu cantava no Natal. Eu pensava que felicidade era eu me vestir de anjo e coroar Nossa Senhora. Mas não pude ser anjo. A túnica de cetim não dava em mim.
Às minhas costas não colocaram asas de papel crepom ou de penas de galinhas. Penas bem lavadas e secas em peneiras ao sol na varanda, no quintal, nas janelas.
Minhas penas... secas em mim.
Lembro das Missas de festas, das Novenas. Ficava nos bancos de trás olhando para a frente.
A Irmã dizia: não olhem para trás. O que importa é o que está na frente.
Obedecia mas ficava pensando, imaginando o que estava atrás. Eu não era anjo. Não tinha asas mas meu pensamento voava.
Eu tinha pena. Pena de mim.
E minha vida? Sempre quero olhar para trás.
E a vida? E as asas? E o meu voo?...

cigarra

Eu vivo a cantar sozinha
como cigarra num galho
ninguém para me aplaudir
ninguém para me escutar

Eu vivo a cantar sozinha
no meu galho triste frio
e canto canto
não choro
é esse meu desafio.

Numa quarta-feira de cinzas, dia de ressaca, eu nasci chorando forte e cresci assim.
Hoje o choro é fraco.
A cada dia espero aleluia, promessa de cada quaresma, de cada paixão.
Quantas paixões tive na vida?
Aleluias eu sei...
Aleluia, Aleluia, Aleluia: Ju... Lala... Belô...
Minhas filhas.
Aleluia, Jorge... meu neto.

por quê?

Por que
minha mãe
me tiveste numa quarta-feira de cinzas?
podias me ter trazido
num dia de carnaval
eu só teria alegrias
muito confete na vida
mas o dia escolhido foi quarta-feira de cinzas
e minha vida tem sido
como o dia em que nasci
passando sobre alegrias
que os outros possam sentir
vou vivendo minha vida
como início de quaresma
com uma cruz em minha testa
lembrando que sou pó.

Mas por dentro guardo ainda
as alegrias dos dias
em que vivi escondida
dentro de tua barriga.

Vivi no sobrado muitos anos. Depois morei em outras casas, em outras ruas: Amparo, Imperador, Rosário.
Mudei de cidade e me senti desamparada.
Imperava em mim a dor.
Perdi a conta do meu rosário de lágrimas...
No Tororó o nosso apartamento espichando o último andar nos deixa olhar o Dique.
No Tororó comecei a dormir acompanhada - a taquicardia se fez companhia inseparável...
O sobrado e as casas em Santo Amaro ficam perto do Rio Subaé. Em Salvador o apartamento perto do Dique do Tororó. Sempre a água doce levando o barco da minha vida... Sempre a água doce levando as mágoas da minha vida...

entrou por uma porta...

Era uma vez... foi um dia
tão longe que nem sei mais.
Eu lhe contei minha história,
você ouviu com agrado,
depois... há sempre um depois...
você saiu por uma porta,
eu entrei pela outra
e Deus meu senhor!
Você estava com outra...

barro

Eu te esperei
como a flor espera
a chuva pra se transformar
em fruto de sabor.
Eu te esperei
como a fonte solta
água regando tudo
cheia de amor.

Não me chegaste
e eu pressenti
em teu lugar
envolver-me uma neblina
turvando-me os olhos
e a emoção.

E a fonte seca
se transforma em barro
- Esse barro triste
que é meu coração.

andando

Andando à margem do rio
reparo a água levando
como num cinema mudo
as nuvens, casas, ramagens.
Eu não andava sozinha
você ali caminhava
olhando pra aquelas águas
que tranquilas espelhavam
as nuvens, casas, ramagens.
Andamos os dois em silêncio
e o rio corria calado
as nossas sombras também
já desciam misturadas
com nuvens, casas, ramagens.
Desceram as nossas sombras
por certo lá junto ao mar
sumiram assim como as nuvens
sumiram assim como as casas
sumiram como as ramagens.

dualidade

Reflexo de mim
Ou minha sombra?
Em ambas o desejo de ser amada,
de voar.

moenda

A moenda rangia tristemente
e sangrava o melaço doce e quente
que me enchia a boca d´água.

Aquele cheiro forte e quente
sempre aguçava os meus sentidos
e me enchia a boca d´água.

com o bagaço e o caldo doce
meu sangue quente se misturava
nessa vontade de ser moenda
e de lhe encher a boca d´água.

marcas

Estou com o corpo quente
não é febre eu percebo
estou quente de desejo
de receber outro beijo
como aquele que escondido
recebi. Oh que perigo
desejar beijar assim.
Estou quente se te beijo
meu amor vai ferver tanto
que meus lábios como ferro
vão marcar tua pele toda
de marcas quentes de mim.

papelotes

Enchi a cabeça
de papelotes
molhei os cabelos
com chá de mate
voltei ao passado
dei uma risada.

Você não queria
ver-me assanhada?

canavial flechado, 1978

Entrando em Jeari, fiquei comovida olhando o canavial flechado. Lembrei o primeiro dia que você viu aquela beleza espalhada na entrada da minha Cidade. Sua mão deixou o volante e apertou minha mão. Não falamos nada. O silêncio, o gesto, foi o bastante para me fazerem a mulher mais feliz do mundo.
Hoje é outro tempo. Em volta as canas flechadas, mas dentro de mim bagaço. A doçura toda acabou.
Em tempo, algo me alegra: é lembrar que posso ser "soca de cana que morre e torna a nascer"..

confessando

Se estivesses aqui agora
para eu chorar em teu ombro
e te contar que estou triste
ouvindo a tua voz mansa
talvez minha lágrima
saísse menos amarga
e minha alma se abrisse
e eu te deixasse sentir
que não sou pura
e que também tenho ódio
aqui por dentro.

ondas

Se as ondas do mar
que batem nas pedras
e espalham a espuma
de branca beleza

Se as ondas do mar
que rolam nas praias
e derramam a espuma
de alvo esplendor

Olhassem pra mim
batendo nas pedras
rolando na areia
teriam até pena
de ver dos meus olhos
saírem gotinhas
de triste negror.

âncora dor

Para Regina Carneiro

Meu corpo é um porto

onde ancoraram

todas as dores

grandes, pequenas

iguais às embarcações

que se jogam mar a fora

Em mim

mar a dentro

barco/dor

joga âncora

e fica.

árvore de tristeza

Plantaram mágoas no meu coração
e eu tive cuidado com elas
molhei-as carinhosamente
com lágrimas quentes

Podei algumas vezes
um ramo mais ousado
mas reguei de novo
com mais pena e mais cuidado

E minha árvore cresceu
virou árvore de tristeza
que hoje é meu coração
minha própria natureza

DNA

Para meus irmãos

Sempre tive muita fé na vida,
esperei sempre ser feliz.
Meu pai e minha mãe
ali juntinhos
derramando carinhos sobre nós...
Só me tornei triste e amarga,
quando descobri
que a felicidade
não é hereditária.

bolo solado

Pego a farinha de trigo
pra fazer o seu bolo
pois é costume dos sábados.
Você vai pra Santo Amaro
estou tão enciumada
tenho até raiva de mim
Tomara que esse bolo
acabe todo solado.

Eu vou me vingar assim.

açúcar-cande

Como lembro da Pharmacia
escrita com ph
que ficava na esquina
bem lá na rua Direita
depois da Maternidade
o balcão todo de mármore
divisão de linda grade
prateleiras muito altas
cheias de frascos leitosos
frascos de vidro bem fino
que guardavam açúcar-cande
que se vendia a tostão.

Acabou o açúcar-cande
a minha infância acabou.

cadê?

Para Caetano

Cadê a escada bonita
que eu subia com medo
de encontrar com a Moça
lá no fim do corredor?

Cadê a cadeira de missa
em que Ju se ajoelhava
e com tanta fé rezava
para o meu medo acabar?

Cadê a urna bonita
que guardou tanto mistério
que me falava de morte
e me fazia chorar?

Cadê o quadro bonito
de S. João Bosco na escada
com a cabeleira enroscada
que parecia comigo?

Tudo ficou para atrás
tudo acabou para mim
só ficou comigo o medo
da Moça, da Morte, de Mim.

O único lugar escuro do nosso sobrado ficava no sótão - a cafua.

Eu tinha medo da cafua povoada de várias estórias de assombração que voavam em minha cabeça. De verdade voavam os morcegos entre os caibros e o emaranhado das teias de aranha.

Todas as vezes que entrei na cafua fiquei emaranhada no medo.

Às vezes, o sol batendo em meu rosto, numa janela de ônibus, sinto-me numa cafua.

Por que o ônibus encheu tanto?

Em que ponto vou saltar?

esconde-esconde

O sótão da minha casa
tinha cafua e morcego
a gente tinha até medo
de brincar de se esconder.
O morcego como doido
saía doido a correr
acabava o esconde-esconde
quando o morcego voava
e rolava a brincadeira
do sótão ao pé da escada.

medos

Os corredores me amedrontavam
E vinham deles mil razões
Para os meus medos
Hoje sem corredores
Mil medos sem razões
Prendem-me neste apartamento
De paredes feridas.

medos

Tenho medo da rua
dos carros da rua
do homem da rua
de tudo da rua

Tenho medo do mar
das velas do mar
do homem do mar
do fundo do mar

Tenho medo do céu
das aves do céu
dos homens do céu
de tudo do céu

Tenho medo de mim
das minhas manias
tenho medo de tudo
tenho medo de mim.

novo medo

Um novo medo
vem morar em mim.
chegou amável
de malas prontas
espalhou tudo
que pôde trazer
sobre meu corpo
sobre minha alma
depois ficou
como a reparar
minha mudança
nessa fase nova
de medos novos
a me arrebentarem
e olhou em volta
e soltou risadas
vendo a loucura se apossar de mim.

Os telhados das casas vizinhas do nosso sobrado ficavam bem abaixo da janela e no outro lado da varanda.
Os gatos passeavam nos telhados e nos ensinavam a andar de leve sobre as telhas.
Sempre tive medo de altura por isso nunca "viajei" sobre o telhado de Adal como os meninos faziam escondidos. Em mim, o medo sempre foi maior que a vontade de ir...

telha vã

Meu quarto era claro
de telha vã
cobria meus sonhos
com todo cuidado
e não me deixava temer
o amanhã.

se eu tivesse uma casa

Se eu tivesse uma casa
onde pudesse cantar
e onde andasse correndo
onde pudesse sonhar.

Se eu tivesse uma casa
de porta e janela aberta
pra receber os amigos
sem dia nem hora certa.

Se eu tivesse uma casa
aonde eu fosse rainha
quebraria essas correntes
pra ter uma vida minha.

Se eu tivesse uma casa
sem trancas e sem portão
ah! se eu tivesse uma casa
igual ao meu coração.

minhas pedras, minhas mágoas

As minhas pedras de seixo
estão no leito manso
do meu rio do Timbó
embaixo da água fria
bem lisas, brancas, iguais.

As minhas mágoas e queixas
estão cá no peito tenso
deste meu corpo sofrido
embaixo da alma fria
bem fortes, negras, iguais.

fonte do Oiti

Tomei banho na fonte
naquela água novinha
parida naquela hora
- pedra de fonte é fêmea
que pare água sorrindo -
Tomei banho lá na fonte
e fiquei nova de novo
com vontade de parir.
Depois subi a ladeira
ligeiro, sem me cansar
e cá de cima eu olhei
a fonte cantando embaixo
e sorri, gargalhei alto,
o eco me respondeu
trouxe de volta lembranças
que a Pedra sempre me traz.

Na Itapema nossos dias eram azuis de céu e mar...
Em Berimbau nosso veraneio era verde - verde do mato, das pitangueiras, do laranjal de Tio Beijo...
Na fazenda Amparo muitas redes espalhadas à espera da preguiça de cada um. Dentro delas as horas se balançavam lentamente.
Os cavalos ficavam amarrados nas grades da varanda. Da rede para a sela um pulo e o passeio até a Taquara. No caminho o mata-burro.
O verde alegrava a passagem...
Lá adiante a casa de farinha. As paredes sujas, as mãos limpas dos que raspavam a mandioca e mexiam a farinha formavam um contraste que não se pode esquecer.
As cores do nosso Arco-Íris nasceram ali, na simplicidade das coisas da terra, dádivas do céu...

espaço

Hoje estou leve
como a alegria
de um anjo
que voa no céu
como uma nuvem
que passa correndo
como um carneirinho
distraído.

psiu...

Cala a boca coração
não precisa espalhar
essa felicidade
que me tomou pela mão
e me levou bem de leve
para longe.

lágrima

Hoje eu chorei de alegria
há quanto tempo não via
uma lágrima doce assim...
caiu como um brilhante
desceu pela minha cara
ficou na palma da mão.
Ah se eu pudesse guardar
essa gota pequenina
dentro do meu coração.

dia azul

O meu dia foi azul
o dia todo
foi azul pra mim
entrei no mar
no céu?
tudo é azul
quando se tem
a alma leve
e o peito aberto
pra receber o bem
que a terra dá.

Numa das árvores do nosso quintal, tinha a gangorra. O balanço não era só um balanço. Era um voo. Voar depois do almoço era proibido. A gangorra ficava parada, esperando o descanso do almoço. Mãe Mina – Isabel, uma tia paterna que ajudou a nos criar – explicava o que era digestão e, sem saber, íamos recebendo aulas, brincando no quintal. Sentados no tanque redondo, catando mangas pecas no chão, esperávamos a hora da merenda. Lá em casa, comia-se o dia inteiro.

balanço

Minha saudade gosta de se balançar
nas gangorras do ontem.
De vez em quando
parece voar...
quase tocar o céu.
Depois volta do sonho infantil
e me deixa no chão.
Os galhos partiram...

presente

Preciso encontrar o meu passado,

o que fui, o meu ontem.

Quero ver o meu retrato desbotado,

os vazios que ficaram,

as presenças que partiram.

Abro portas, gavetas,

caixinhas de segredo.

Releio cartas.

Nada me conta a história

que desejo ouvir.

Longe escuto um galo cantar.

Acorda em mim uma saudade doida

e me vejo menina,

correndo em busca do futuro.

cansaço

Pensei escrever uns versos
bonitos para você
varri a casa primeiro
mudei as flores do jarro
arrumei todas as camas
e corri para escrever
mas já estou tão cansada
com a cabeça pesada
desisti. Penso em você.

recaída 2

Eu já lavei tanta roupa
e pendurei no varal
limpei a pia correndo
já dei brilho no fogão
agora como eu queria
tirar você da cadeira
me dar de volta alegria
e corrermos pra o colchão.

tirando o avental

Agora mesmo achei graça
da minha vida sem graça
quando larguei o avental
e peguei neste meu bloco
pra escrever um poema
lírico, azul, sentimental.

pontas do avental

Pego as pontas do avental
e dobro em x sobre o colo
e penso na minha vida
com tantas pontas perdidas
e uma lágrima me cai...

Desmancho o x do avental
enxugo a cara molhada
lágrima e suor misturados
da lida, da trabalheira
que tem sido a vida inteira.

som e imagem

Trançam ruídos
nos meus ouvidos:
meus olhos choram
traços perdidos.

Vou para a cozinha. Falta água. A pia cheia de pratos. Muito trabalho, pouca vontade.

A gordura das panelas espalha um cheiro enjoativo. Sinto náuseas.

Tem gente que tem náuseas quando engravida.

Engravidei quatro vezes. Não senti enjôo.

Agora sinto diante desta pia engordurada.

Minhas mãos magras mergulham na gordura. Não vou aguentar esta enchente de pratos...

Na TV, novas notícias de Santo Amaro. O Subaé o RIO SONSO, enganou todo mundo...

Sobra água em Santo Amaro.

Falta água na torneira da pia.

O que posso fazer para lavar minhas mãos?

realidade

Minha mão de poeta
Sem luvas
Sem anéis
Cobriu-se de espuma
Quando lavei os pratos...

radinho de pilha

O meu radinho de pilha
embaixo do travesseiro
tem sido meu companheiro
nessas noites de abandono
Minha cama tem crescido
está agora mais fria
e aguenta a agonia
que trago dentro de mim
O meu radinho de pilha
a noite inteira a tocar
procura me consolar
em cima de minha cama
embaixo do travesseiro.

lembranças

O som do radinho de pilha
traz a música brega
Minha imaginação se solta
e vai além das casas de um velho casaco
que num canto abotoa uma lembrança.

Estou cansada desta Cidade. Aqui não me sento na porta depois do banho. Aqui não há cadeiras na porta.
As ruas tão cheias de gente parecem vazias.
Em casa as cadeiras fazem volta para ver televisão. Ouço notícias tristes. A TV da sala é colorida mas a vida está sem cor.
Azul é a cor que mais gosto e nunca mais vi o mar de Arembepe. Nunca mais eu vi o céu de Arembepe.

eu leira

Plantaram muita coisa em mim
Quando menina.
Tudo vingou!
Fui sempre boa leira
Bom terreno
(Não é vergonha
Deixar a modéstia no canteiro,
Numa lata pequenina ...)
O certo é que
Tudo que caiu em mim pegou.
Plantaram amor de boa sementeira,
Alegria, paz, prazer e dor.
Semearam também muita besteira
Tudo cresceu, se emaranhou em mim
E eu cresci e me tornei assim...
Do melhor que plantaram em mim
Quando menina
Foi um Deus bonito, pequenino,
Que numa noite quis nascer
Aqui na terra.
Ele também cresceu em mim
E me sustenta

Principalmente quando a vida
Se apresenta com parasitas
Querendo me acabar.
O Deus que em mim nasceu
Quando eu menina
Vem me ajudando a aguentar
A minha sina
Que é viver como pasto abandonado
Ou leira onde flores e frutos
Já nascidos
São levados para longe
E com estranhos divididos
Da árvore mãe já esquecidos...

O "xodó" das festas lá em casa é o bolo confeitado ou bolo de vela! A chama acesa nos chama à alegria.
Quando nós éramos pequenos, mãe Canô aprendeu a fazer bolos confeitados. Não existia batedeira elétrica e ela batia com um "batedor de ovos" com o cabo de madeira.
Lembro que ela fazia uma calda até dar ponto de fio e, depois que as claras estavam bem branquinhas, parecendo nuvem, ia jogando a calda quente, batendo sem parar. Não aceitava ajuda de ninguém, porque se o batedor mudasse de mão podia desandar as claras. Minha mãe explicava: "com ovo não se brinca!". Para que aquela mistura ficasse bem branca, ia colocando gotas de limão. Esse trio, açúcar, clara e suco de limão, fazia milagre! Parecia uma mágica nova que as mãos pequenas de mãe Canô faziam. Tudo se transformava numa massa branca, macia, gostosa. Todas as sobras, todos os pingos, nós aproveitávamos lambendo. Depois de despejar sobre o bolo já pronto e frio, o final da mágica acontecia! Minha mãe ia passando uma espátula para espichar a glacê. O bolo recebia a "roupa" bonita que fazia dele uma preciosidade. Uma vaidade nova começou

a tomar conta de mim, percebendo que minha mãe sabia fazer bolos como os das revistas. As pessoas encomendavam bolos até de dois andares, dependendo da festa e do gosto da noiva ou do aniversariante. Aos poucos, outras novidades: um pó colorido e dissolvido na caldo do limão ia dando cor ao bolo que ficava ainda mais bonito. Minha mãe inventava uns caminhos feito com os bicos, presos a um saco plástico, cheio

da glacê colorida. Com muita delicadeza, formava flores, corações, estrelas, por cima e dos lados dos bolos. Era uma riqueza! Que mãe era aquela que sabia fazer tanta coisa! Nós éramos filhos vaidosos de mãe tão prendada!

Nicinha aprendeu aqueles segredos de confeiteira e passou também a fazer bolos "cobertos". Todos nós ficávamos encantados com os bolos coloridos! Ainda hoje, em todas as nossas festas, o bolo tem seu lugar de destaque. Se mãe Canô e Nicinha não os cobrem mais é porque os braços já não aguentam bater as claras, e minha mãe diz que fazer na batedeira dá outro gosto, "o bolo perde muito...".

Gosto de imaginar nossas vidas assim, como um bolo feito por meu pai e minha mãe. O cuidado dos dois para que mãos estranhas não nos fizesse desandar. Seguimos assim, preocupados em dar o ponto certo, sermos bons e termos cuidado para não desandar.

eu, menina

Hoje me vi no retrato antigo!
Encontrei-me menina...

Como você andava distante de mim...
Nunca mais nos encontramos
e agora que lhe chamo para perto.
Tenho medo de você me estranhar,
chorar, não me reconhecer
assim de cabelos brancos,
com marcas no rosto, nas mãos, na alma.
Fico feliz de olhar você lá no escondido de mim,
alegre, pintona, cabelos encaracolados.
Fazia tanto tempo que não lhe via
descendo pelo corrimão da escada
que não lhe ouvia cantar roda no portão,
que não lhe escutava
contar "histórias de mentira",
que não lhe assistia jogar "capitão"...
Nunca mais fomos ao sótão correr dos morcegos.
O medo pequeno cresceu e correu por dentro de mim.
Além dos morcegos, outros pavores chegaram.
Mas nada importa! Você está aqui rindo,

rindo para mim... rindo de mim...
Vejo você na varanda
sobre o mosaico de flores,
brincando com frascos vazios de perfume,
cheios de tanta fantasia!...
Vejo-a no vestido de "petit-pois"
Azul e branco, fita na cintura,
laços no cabelo, sapatos de verniz,
meias de seda...
Tudo guardado numa lembrança calma.
Você guardada no melhor de mim.

Minhas filhas estão maiores e já não choram nos berços. Descem as escadas correndo e me pedem para contar como era o tempo da mangueira que dava sombra e frutos no quintal. Não esperaram o fim da história. Estão de hora marcada. Cheias de compromissos.

A casa está maior. Não adiantou eu contar a estória da mangueira. As mangas inteiras entregues por meu pai.

Que sabor tem manga espada?

Uma saudade me corta como espada e eu rezo a reza que preciso: Não me deixeis cair em depressão...

As mangas que caíam se machucavam. Meu pai subia na escada de pedreiro e tirava manga de mão. E nos dava inteiras.

Ele se deu inteiro e não me viu cair em depressão.

leilão

Quem dá mais
por essa porção de penas
por essa porção de mágoas?
quem dá mais
por esse coração ferido
por essa alma marcada?
quem dá mais
por essa ternura enorme
por esse amor sem fim?

circo

Sou como um circo de lonas estragadas
onde o palhaço já não faz mais rir
onde o trapézio há muito está parado
porque o medo foi morar ali.

Sou como um circo de lonas estragadas
em que a banda já não quer tocar
aonde as jaulas se restaram abertas
porque nem bicho se deixou ficar.

Sou como um circo de lonas estragadas
sem ter mais público para aplaudir
temendo aqueles que atiram facas
temendo tudo que lhe quer ferir.

Sou como um circo de lonas estragadas
sem alegria qualquer, sem emoção
no entanto existe aquela corda bamba
onde balança o meu coração.

Na casa da Rua do Amparo as cadeiras ficavam no corredor e, à tardinha, corriam para a porta.
Da porta ao portão corria muita vida.
Da porta ao portão o correr dos dias.
Tem horas que me perco dentro daquela casa, dentro de mim.
Onde passam os meus dias do meu sobrado? Como corredores tão grandes entraram por essa grade pequena?
A sala agora é diferente e a cozinha, também, apinhadas de gente.
Tudo é estranho. O que me chama de volta nessas horas é ouvir minha Mãe sorrindo atender ao telefone.
Na cozinha comentam que o pé de fruta-pão está pecando.
Corro ao quintal. O chão cheio de frutas pecas.
A pobre árvore estará pagando pelos pecados de alguém?

bonde velho

Meu bonde velho
cujo motor
eram dois burros
obedientes
está guardado
como em museu
dentro de mim.
Os dois burrinhos
deixei de fora
porque bem sei
que essa saudade
me queima tanto
que aqui por dentro
acabou tudo
não há capim.

dor de cão

Pensando em Laika

Deixe eu acariciar
teu pelo.
Não rosne.
Não te afaste.
Deite aqui.
Reparte comigo
o teu osso.
Eu te juro
que não divido
contigo
a minha mágoa.

Abri a janela e olhei a lua. Era cheia mas a noite não brilhou para mim. Fechei a janela e os olhos. Não queria chorar. Precisava correr da tristeza mas estava me sentindo com os pés presos no chão.

Vontade de sair. A casa sem os meninos é sempre muito triste.

Na porta do meu guarda-roupa alguns lembretes.

Leio e fico lembrando que a vida continua...

só

Que caminho seguir
Se a estrada se bifurca
E cada lado
É mais estreito e triste?
Retroceder
Seria o melhor
Mas já não sei voltar
Sozinha
E todos querem
Ir em frente...

fim

Em que pássaro fui transformada?
Para que virei pássaro
De asas inúteis?
Gaiolas quebradas ...
Prisão interior
Onde o jardim?
O sol? a flor?
Agoniza em meu bico
O último canto.
Caem do meu corpo
As últimas penas.

guarda noturno

Para Irenalva Pinto

Não tenho dormido:
virei guarda noturno
de todas as saudades.

bilhetes

                    Queria ser poeta
                    mensageiro de verdades,
                    do amor de Deus,
                    do amor do povo,
                    do nosso amor.
Por que o nosso amor
rima com dor?
                    Por que no banheiro
                    ainda vive
                    e se torna saudade
                    evaporando
                    o cheiro do Vale-quanto-pesa,
                    pesando em mim
                    tudo o que valeu
                    do nosso amor tão leve?

Queria escrever um poema moderno.
Pego caneta nova,
bloco novo,
ideia nova.
Nada combina comigo.
Minha poesia caducou...

Recebi seus escritos.
Você continua escrevendo
diário abstrato e bonito.
Eu... uma escrita concretamente
triste e feia.

      Os poemas estão aqui
      de infusão... decantando,
      quando melhorar o sabor,
      eu mando pra o meu amor.

            O telefone chama.
            Você do outro lado
            quer saber
            o que me dá de presente?
            - O meu passado...

É seu o girassol!
que nasceu junto da cerca.
Tome. Brinque com ele
como você faz com o mal-me-quer.
Vá dizendo: Bem-me-quer...
bem-me-quer...
Eu repetirei: Bem-me-quer...
bem-me-quer... me queira sempre.

Quando me despedi,
esqueci minha alma aí.
Mande-me de volta
numa gaivota
ou, quem sabe,
numa lua minguante.
SOS...
Preciso de minha alma.
É muito importante.

        Repare, a cerca ficou bonita
        com flor no cabelo...
        cerca vaidosa
        em volta da casa
        enfeitando
        a vida da gente...

Seguem geleias, bolos, cartas,
pirulitos.
A saudade, a tristeza,
ficam comigo.

Estou dilacerada de saudade
acho que é a maré de março
batendo com força,
é a lua cheia brilhando demais.
Só escrevo pra dizer
que meu amor está bem firme

acordou-me esta noite
e me fez chorar
porque entende
que não vais voltar.

    Companheira de dor e solidão,
    tenho pensado em você pra sobreviver
    a tudo que de ruim me aconteceu.
    Acabo de olhar o mar e está azul.
    O céu também teima em "azular" a
    paisagem.
    A natureza conspira contra minha dor.
    Em mim o arco-íris se apagou...

Quero que este cartão
lhe encontre alegre
e leve meu coração
pesado e torto,
a estrela torta,
o traço trêmulo,
a mensagem tímida.
Mas o bem-querer
certo, brilhante, firme,
a minha vida toda,
  pode crer.

barquinhos

"Eu sou filho de um pobre barqueiro
Fui criado nas ondas do mar
Todo dia meu pai me dizia
Vem filhinho ajudar a remar.
Fui crescendo, crescendo, cantando
As estrelas do céu a brilhar
Todo dia meu pai me dizia
Vem filhinho ajudar a remar"

Saí remando a palavra ao vento
Chuva caindo molhando de ternura
Meu pensamento.

Largado segue o meu barco
A proa perde o porto, o prumo
O ponto de chegada
Arreio as velas
Encalho na saudade
        Quando meus barcos partiram
        Cobertos de luar
        Avançaram de frente para o mar
        A viagem minguante
Tomou o leme
Tudo escureceu

Meus barcos deram
As costas para o mar

      A minha Cidade deu-me seu rio
      Nele naveguei num
      Barco enfeitado de ilusão e sonho
      Depois de remar contra a maré
      Naufraguei

            Toda viagem molhou o verso
            Que lembrou sempre
            O muito longe
            O muito perto
            O remo removendo
            O movimento do tempo
            Sempre incerto

      Na viagem do poema
      Ficou impresso
      O nome de quem
      Sempre está
      Muito longe
      Muito perto

Sua mão na minha mão

Segura o remo

Segura o leme

Segura o rumo

Minha mão sem sua mão

Perdeu o remo

Perdeu o leme

Perdeu o rumo

Parte minha poesia

Num barco de ilusões

Enxuta e morna

Perde-se em rios

Molhada e fria

Mergulha no tempo

                    Vão os versos

                    Buscando o mundo desejado

                    Encalham

                    Nunca mais o porto

                    A margem, o leito

                    Barcos perdidos

                    Em rios temporários

A poesia fugiu maré a baixo

A procura da bela palavra

Que no papel virou espuma

Nem lágrima
Nem riso
Nem tempo
Nada vai parar
A viagem do lamento

        Parte o barco
        Leva toda lembrança
        Na poesia
        Debruçada no rio
        O sol chega e se joga
        A lua espia em silêncio
        Como âncora da esperança
        As velas dos meus barcos
        Se assemelham
        Às velas que acendia para as rezas
        Apagaram-se

As velas dos meus barcos
Temem os ventos
Não me levam prà longe
Mar afora
Se amofinaram

        Partem meus barcos
        Em busca de peixes no mar
        Fartura, sabor, saber

Anzóis e redes
Ferem meus dedos
Remorso

        Iguais às ondas chegam notícias
        Do seu remorso
        Mergulhada no esquecimento
        Perdi a memória do sofrimento
        Tudo virou espuma

                Aquele barco de amor
                Está bem longe
                Perdido no sabor da correnteza
                Sem história, sem mágoa,
                Sem memória
                Descendo desiludido
                Rio afora

Com o temporal
O nosso barco perdeu o azul
Chegou sem aviso a escuridão
Na mais longínqua praia
Estão as marcas, os destroços
Da ingratidão

Em que praia
Em que ponte
Em que cais
O nosso barco se perdeu?

E o amor âncora?

E as amarras?

Que tempestade foi essa

Que se deu?

                    Quanto tempo faz

                    Que quebrei a cara

                    Fazendo perguntas

                    Ao tempo?

revelando

No álbum as fotos
guardam
momentos cheios de gente,
sorrisos e mesa cheia.
Eu guardo dentro de mim
um vazio sem sabor...

Na foto, nós dois sorrindo.
Atrás da moldura fria
um pedaço de alegria
de um dia que passou.
Agora em mim só a tristeza
que o tempo revelou.

No calendário novo...
fotos coloridas
anunciam os meses:
aves, peixes, flores...
Tenho medo das penas
do mês fevereiro,

        das escamas de abril,
        dos espinhos de setembro...
A foto é muda
mas conta
coisas de tempo ruim
eu ando dentro da vida
sem vida dentro de mim...

        Rasgue essas fotos antigas...
        não me olhe assim: menina
        comprida, de perna fina
        com os cabelos em pé.
        Olhe somente essas novas
        estou muito menos feia
        já com jeito de mulher.

Abro a caixa de retratos
alguns já amarelados
datas marcadas atrás
lugares e alguns sinais...
Cada um conta uma estória,
e fala de um nunca mais.

        As fotos revelam:
        eras caminho
        hoje és distância...
        Quantos fotômetros de dor
        já nos separam?

Se eu batesse uma foto
da dor que arde em meu peito
não ia poder mostrar.
A dor é tanta, é tão grande...
a foto ia queimar.

                              Quem é essa do retrato
                              pendurado na parede
                              com laços de fita e flores
                              arrodeando os cabelos?

Qual era mesmo o seu nome?
Quais eram os seus segredos?
Por que seus olhos perdidos
demonstram tamanho medo?

                              A parede está ferida.
                              O retrato está mais mudo
                              O tempo que ali passou
                              foi sem presente ou futuro...

Nesta foto estou cercada
por meus irmãos, por amigos,
num tempo muito feliz.

Faz tanto tempo esta foto...
Hoje me sinto cercada
de uma saudade doída
agora em mim revelada.

Vou fotografar este instante:
suas mãos longe das minhas,
seus olhos longe dos meus.
Quando o futuro chegar
e eu revelar as saudades...
preciso forças, meu Deus.

contracanto I

Papai Noel,
por que desaprendi
que você existe?
Por quê?
se a descoberta
me faz triste?

Ó meu presépio,
quanta saudade
de Deus Menino
tão bonitinho
envolto em folhas
da pitangueira
que se cortava
pelo caminho!

A estrela solta
no céu brilhava
e me fazia
acreditar
no Deus bondade

que vinha à terra
(toda enfeitada)
pra nos salvar!

Tantas lembranças
acordam em mim
e eu fico triste
todo Natal
ouvindo o sino
com seu badalo
anunciando
Missa do Galo

É meia noite;
eu tenho medo
de ficar só
com a mesa posta
e meu segredo
se apresente
com essa forma
de ansiedade...

E eu rezo e peço
um só presente:
- quero ficar
sem ter saudade.

saudade

Saudade caída
dos carros de cana
que a gente correndo
puxando roubava.

Saudade sombria
das tardes morrendo
nos tamarineiros
lá de Doutor Pinho.

Saudade canora
da voz de Juju
cantando na Igreja
pra Nossa Senhora.

Saudade incensada
das Missas cedinho
com Dona Nanoca
tirando o Oficio
Saudade visguenta
das lacas da Pedra
que Seo Edgar
cortava em fatia.

Saudade maluca

dos doidos correndo
pra cima, pra baixo
na rua do Amparo

Saudade dormente
nas pontas dos dedos
nas horas das aulas
de Dona Haydil.

Saudade tão cheia
do Rio que descia
lambendo a beirada
do cais tão limpinho.

Saudade vazia
daquela palmeira
que o raio certeiro
cortou pelo meio.

Saudade covarde
daquela cadeira
onde a gente tremia
com o Dr. Valente.

Saudade do verde
das árvores velhas
que davam sombra
pra gente brincar.

Saudade trancada
das grades de ferro
que em cada porta
mostrava beleza.

Saudade dolente
do Coreto da Praça
do Bonde de Burro
subindo e descendo.

Saudade sonora
da Lira, do Apolo
Dos Amantes da Moda
e do Bacurau.

Saudade plangente
das noites de lua
com Dilo na rua
com seu violão.
Saudade gostosa
dos bombons de tostão
de Dona Isabel
do Seo Eduardo.

Saudade macia
das balas cheirosas
de genipapo escuro
de Dona Ciara.

Saudade adoçada
do caldo de cana
que lá em Estrovenga
a gente tomava.

Saudade tão doce
das cores das balas
que Seo Zé Porcino
do trole jogava.

Saudade molhada
no leite de côco
dos cuscus saborosos
de Mara... Maria.

Saudade melada
de pão de açúcar
que Seo Claudemiro
sorrindo nos dava.

Saudade tão quente
na boca da gente
do acarajé, do abará
de Comadre Valéria.

Saudade gelada
tão doce, tão fria
dos sorvetes de cores

que Afrânio fazia.

Saudade bem rala
do mingau de Maria
que a gente bebia
em gulosa alegria.

Saudade tão seca
dos camarões enfiados
em espetos bem finos
que Paula vendia.

Saudade ardente
do melaço escuro
lá do Alambique
do velho Sinhô.
Saudade acre-doce
em vidro bem fino
daqueles xaropes
de Seo Vitorino.

Saudade brilhante
da prata, do ouro
que nas mãos de Vital
viravam tesouro.
Saudade cortada
dos jogos de vôlei
com saques de Mali,

Ivonete, Florilda.

Saudade suada
dos campos de bola
com os gols de Junilo
Nelsinho, Edgar.

Saudade bem forte
das grimas, da dança
do triste assovio
do Mestre Popó.

Saudade rachada
dos cacos, dos potes,
caxixis coloridos
de Seo Pedro do Barro.

Saudade coalhada
do leite bem gordo
lá da rocinha
de Amado Chagas.

Saudade cheirosa
das flores bonitas
nascidas, cuidadas
por Flor e Durval.

Saudade batida

do "Tiro de Guerra"
tão certo e bonito
na rua a passar.

Saudade eloquente
dos versos, das falas
com que prof. Plínio
nos empolgava.

Saudade filtrada
no doce licor
que Seo Lalu
servia com amor.
Saudades diversas
que atacam a todos
da mesma Cidade
e cobram um só preço:

o preço dorido
de tempo passado.
- O preço do tempo
quem paga é a saudade.

Santo Amaro, 1984.

soca de cana

"Eu não sou soca de cana
que morre e torna a nascer"

As coisas lá de minha terra
são coisas de só saber
que gente sem saber nada
aprendeu e ensinou
a cana que dá o açúcar
que adoça a vida toda
morre e torna a nascer.
Todo mundo sabe mesmo
da soca da cana é certo
outra cana vai nascer.

Eu nasci em Santo Amaro
saí de bom massapê
já fui bem doce, oh se fui
mas hoje que me cortaram
minha doçura acabou
e eu me pergunto triste
por que diferença existe
entre gente e canavial?

podia ser bem mais fácil
de cada soca de gente
saísse nova semente
de doçura de beleza
pra se viver novamente.

sim

Minha poesia anda amarrada
às ruas estreitas de Santo Amaro
escondida nos seus sobrados,
encharcada pelas águas dos seus rios.
Meus versos se escondem nos canaviais,
olham as torres das igrejas
e algumas vezes cantam
com o repicar dos sinos
ou choram com o seu dobre...
Guarda as histórias de cada beco,
de cada ponte, de cada esquina.
É uma poesia acomodada,
que não tem pretensão
de correr estrada asfaltada
nem de encontrar uma cidade grande
com sinaleiras lhe apontando
sinais vermelhos.
Minha poesia quer passear na praia,
catar conchas, fazer castelo de areia,
olhar o mar sem lágrimas caindo...
Quer brincar na Cachoeira da Vitória,
rodar a Praça da Purificação,

cantar roda nos passeios largos
da Rua do Amparo,
contar os bailes dos salões
do Apolo e da Lira dos Artistas.
Quer se banhar no mar de Itapema,
nas fontes da Pedra e de Oliveira,
lembrar o tempo em que
podia se banhar nas águas do Subaé.
Quer lembrar o primeiro namorado,
tentar esquecer o último...
Quer contar histórias de amores impossíveis,
de amores ocultos, de paixões recolhidas.
Quer ir além das lágrimas,
dos amores perdidos
e abraçar a dor de cotovelo de todos que tem a mesma
mágoa.
Quer falar de saudades doídas,
de um nunca mais tristonho,
trazer lembranças
que darão nó na garganta
e farão descer lágrimas
lavando a cara.
Quer ser infantil, inocente, meiga,
ingênua até...
Quer entrar nas salas de aula
onde crianças de estômagos vazios
preferem merenda
às lições de bê-á-bá.

Quer contar histórias de príncipes e sapos
e ensinar que a vida tem
arco-íris e noites de escuridão.
Quer cantar canções de ninar,
botar gente no colo,
fazer carinho e ensinar
que a doçura pode salvar o mundo.
Vai lembrar os canaviais
e o mel das canas e seu açúcar
e também deixará descoberto
o pico da cana, seu corte, sua soca, seus nós.
Quer andar descalça pisando o massapê,
pongar no Bondinho, passear de canoa.
Minha poesia não quer
um livro para prendê-la, sufocá-la.
O que ela quer é ser ouvida,
ser dita, ser repetida, ser cantada.
Ser cantada por Maria Bethânia,
minha irmã, comadre, "filha de leite",
por Belô, minha filha de peito,
corpo, alma e coração.
Quer ser cantada pelas crianças
nas rodas, nos brinquedos
e nas horas dos segredos;
ser repetida pelos jovens namorados,
ser cantada pelos velhos apaixonados.
Quer ser alegre para alegrar
quem está triste,

mas servirá de alerta para todo amante
que tem ciúme e desconfia...
Quer ensinar a cada um
a se resguardar das traições,
porque são elas que destroem a vida.
Minha poesia quer cantar baixinho
como quem reza, como quem nina.
Quer fazer juras e promessas
e – principalmente – não dirá uma mentira!
Será verdadeira e fiel
como fiel e verdadeiro é o sentimento
que ela guarda.
Será sincera e boa e paciente.
Vai sair contando mágoas e alegrias,
porque ela é retrato preto e branco
ou colorido dessa vida que temos vivido.
Meus versos falam pouco do futuro,
não gostam muito do presente,
passeiam mais pelo passado
e contam coisas do tempo em que
meus cabelos pareciam os de Shirley Temple...
Meus velhos poemas são novos, assim como os meus
cabelos grisalhos...

Sonho sempre com as ruas de Santo Amaro. Estou sempre nelas. Rodo a Praça. Ouço foguetes. Penso em minhas filhas. Corro na Rua do Amparo e canto roda embaixo da árvore lá da porta.
Subo no Coreto e brinco com a água do Chafariz.
Na Rua Direita, às vezes, eu tomo bonde. O bonde desce, passa na Rua do Imperador. Para na Escola Araújo Pinho depois segue até o Conde.
Olho o Rio Subaé encontrando o mar, sem pressa.
Aqui por essas bandas ninguém sabe o que é Pororoca.
Perto do rio posso pensar no que eu quiser. Nos meus sonhos ninguém entra na minha casa para me trair. Quem senta comigo na mesa come da melhor farinha, da bem fina e não engasga.
Nos meus sonhos ninguém me abandona.
Passeio de bonde. Levo meus irmãos, minhas filhas.
Já não existe mais bonde em Santo Amaro. Nos meus sonhos eles voltam, os burros puxando.
Os trilhos soltam ferrugem. Foi o tempo... A ferrugem cobriu o caminho. O bonde vai rangindo.
A saudade e o medo não pongam nele. Eu passeio sozinha e não sofro.

outro

ladainha de Salvador

Para os companheiros de Cursilho

Nossa Senhora, Mãe de Jesus,
Nossa Senhora, que é minha Mãe,
Nossa Senhora de todos nós,
Roga por tudo que tudo é Teu,
Roga por cada coisa, por cada ser,
Pelos que cantam, pelos que choram,
Os que Te esquecem, os que Te imploram.
Nossa Senhora, nossa Maria,
Ajuda a tudo o que peço aqui,
Pois tudo é Teu, Doce Maria,
O mar azul desta Bahia,
O céu azul que não tem fim.
Maria dos coqueiros, das praias,
Do Farol de Itapuã,
Maria do Farol da Barra,
Do Pôr do sol e de cada manhã,
Maria lá da Ribeira, do Barbalho, Sete Portas,
Da Colina do Bonfim,
Lá da Praça Castro Alves,
De Amaralina, do Dique,
Lá do Mercado Modelo,
Da Penha, da Liberdade, Maria do Rio Vermelho,
Do Largo da Madragoa, dos Alagados,
Da Estação da Calçada,

Dos trens que apitam tristonhos,

Maria do povo, dos sonhos,

Maria da esperança, da confiança, do alento,

Maria da alegria,

Maria até do tormento,

Da dor, de toda saudade, da Baixa dos Sapateiros,

Maria do Pelourinho,

Da música, da harmonia,

Das procissões, dos louvores,

Maria dos meus amores,

Maria dos filhos tristes,

Maria dos renegados,

Dos solitários, doentes,

Famintos, desempregados,

Maria dos Shopping centers,

Maria de toda gente,

Dos meninos que nas ruas

Correm pra cima dos carros,

Maria dos ônibus, dos táxis,

Das filas que não têm fim,

Maria das lavadeiras

Do Abaeté, das lagoas,

Das cachoeiras, das fontes,

De cada canto e recanto,

Maria do Elevador,

Dos sorvetes da Cubana,

Do Forte de São Marcelo,

Da Ponta do Humaitá,

Maria das graças, das bênçãos,
Maria que é todo amor,
Maria dos tabuleiros,
Maria dos pratos cheios,
Maria dos desafios
Dos poetas, cantadores,
Maria do Sol, da Lua,
Maria só das estrelas,
Maria do arco-íris,
Maria do céu inteiro,
Maria do cais, do porto,
Dos navios, das jangadas,
Das canoas, dos barquinhos de papel
E das bolinhas de sabão,
Maria do avião que corta as nuvens do céu,
Maria daqueles que partem
E deixam a gente chorando,
Maria daqueles que voltam
E nos encontram rezando,
Maria dessa bondade
Que o amor sabe fazer,
Maria dos namorados,
Maria felicidade,
Maria do bem-querer,
Maria das folhas, das flores,
Das sementes, dos espinhos,
Maria de cada casa
E de todos os caminhos,

Roga por nossa Terra,
Por aqueles sem-terra
Que por ela vão morrer,
Maria da minha vida,
Maria dos hospitais,
Dos médicos, das enfermeiras,
Maria do nunca mais...
Maria do sempre, do agora,
Maria de toda hora,
Maria do ontem, do hoje,
De cada noite e manhã,
Maria do meu passado,
do meu futuro também,
Maria da vida toda,
Maria que eu quero bem,
Maria de escolas ricas,
De programas de TV,
Maria de jornais e rádios,
Maria dos ilustrados,
De tantos injustiçados,
Maria de analfabetos,
Maria do A B C,
Maria das mães, dos filhos, dos pais,
Dos avós e dos irmãos,
Maria dos sentimentos,
Das melhores emoções,
Pelo amor do teu Jesus
Guarda nossos corações.

Zezinho Velloso

Para meus irmãos

Pai nosso que foste para o céu
Santificado para nós é o teu nome.
Venha a nós o teu consolo
Foi feita a vontade de Deus
Saiste daqui da Terra
Estás agora no Céu.
O pão do amor dia-a-dia
nos davas com alegria
e perdoavas com amor
as nossas faltas e erros,
Não nos deixes na orfandade
cobre-nos com amor/ saudade
e estaremos livres de todo mal
Amém.

Meu Pai assoviava para chamar minha Mãe. Um assovio comprido e manso.
Meu Pai assoviava hinos e dobrados que o Apolo tocava.
Meu Pai não cantava. Quando nos ninava assoviava baixinho e às vezes dizia umas coisas bonitas - pedaços de poemas.
Meu Pai gostava de dizer versos para nos fazer adormecer.
Minha Mãe cantava valsas e cantigas dos Bailes Pastoris para nos ninar.
Nossos sonhos rimavam com as coisas bonitas do ontem e preparavam o nosso amanhã.

mãe Canô

Lá vai minha mãe
ligeirinha,
caminhando bonitinha
no seu vestido de linho.
Lá vai ela para a Igreja
ou para o mercado,
sorrindo pelo caminho.
Coisa linda neste mundo
é ver minha mãe seguindo
risonha, sem compromisso,
respondendo aos "bons-dias"
que todo o povo lhe diz.
Lá vai minha mãe andando,
fazendo a gente feliz.
Em dia de festa ou dor,
pela Cidade inteira
ela segue sempre forte
naquela forma brejeira.
Lá vai minha mãe pra Praça
no seu jeito habitual
com o seu vestido branco
para cantar no Coral.

Lá vai minha mãe às compras,
conversando com sua gente,
elogiando a fartura
de tanto araçá-mirim,
vai falando bem contente
da farinha tão branquinha
que compra sempre pra mim.
Lá vai minha mãe em frente,
preparando com agrado
a festa dos seus "noventa"
para alegrar cada filho
a quem ela – grande estrela –
empresta todo o seu brilho.

*Na mesa farta, o almoço servido. Toalha engomada, pratos, talheres, copos nos lugares certos. Minha mãe nunca mais sentou na cabeceira da mesa, desde que meu pai morreu. A saudade, na cadeira ao lado, a fez passar a sentar-se à esquerda da mesa. O silêncio passa distante nas horas das refeições. Quando a mesa está posta a voz de mãe Canô cresce:
- Chamem os meninos! Está na mesa! Vai esfriar!
E a conversa vai longe.*

meu Avô
Anísio César de Oliveira Vianna
Para Aurinha e filhos

O meu Avô foi poeta
como me contam seus versos.
Fico feliz em saber.
É bom saber que a estrada
que preparou nossa vida
foi uma estrada de sonho,
de amor, de fantasia...
Todo poeta é meio doido
e só deixa como herança
amontoada esperança
pra gente viver cantando
mesmo as coisas do sofrer.

Lala

Por que nesses olhos negros
que piscam e olham em redor
que parecem magnéticos
que parecem adivinhar
por que às vezes percebo
uma tristeza profunda
que não sei como lá dentro
deu para ela penetrar
será que eu sou a culpada
desses momentos tão tristes
em que seus olhos tão negros
ficam mais negros e tristes?

Jorginho, meu bem querer

Para minha filha Lala

Eu queria ter certeza
que no seu amanhã
você vai lembrar de tudo
que vivemos juntos:
Recordar com alegria
as estórias que contei,
as cantigas de ninar
 interrompidas de beijos
e as "boas noites, durma bem,
sonhe com os anjos"...
Lembrar dos óculos
jogados longe
lentes quebradas
o susto... o choro
e logo o riso
e outros beijos;
Lembrar do mar
que lhe mostrei,
a primeira espuma
que cobriu seu pé medroso
e o coqueiro
o canto das folhas

e o primeiro ninho
no araçazeiro.
A lua grande! "Bola branca"
o Pôr do sol - a lagoa brilhante.

O barco ao longe
primeiro que seus olhos curiosos
descobriram com alegria
e o seu desejo de ir nele
e o meu medo ao pensar
no seu futuro
você indo pra longe, talvez,
em seu barquinho-destino
escondido no amanhã.
Lembrar a lágrima calada a correr
e sua fala ligeira a perguntar:
- Por que sai chuva de seu olho?
Será bom saber que você não esqueceu
o colo, o braço, o abraço,
as noites de febre e de tosse
as manhãs de sucos e leitinhos
e as estórias inventadas
com os dedos e os olhos
a mão gorda e os pezinhos.

Será tão bom sentir
que seu coraçãozinho
vai bater acelerado
quando você correr para abraçar

as pessoas que você irá amar
e numa batida bem sentida
você lembrar das carreiras até a mim
e depois a mão no peito
pra sentir cada um o coração batendo
e medir qual dos dois batia mais:
o seu, pela pressa do abraço
o meu, pelo preço do carinho!

E o radinho de pilha
ligado desligado mil vezes
e a procura de nossas canções...
- Você vai se lembrar?
E o primeiro Teatro?
o primeiro momento de escuro
e o aperto de mão, a lanterna
acesa feito mágica...
o riso espantando o medo.

Quando um rio passar correndo
você vai pensar no dia
em que de cima da ponte
jogamos folhas nas águas
e elas foram ligeiras
com recados pra outros rios?
E a escola primeira,
o seu jardim Encantado,
as botas cheias de areia,

o rosto cheio de tinta,
a cabecinha coberta
de tanta coisa bonita?

E seus remédios – gotinhas
que vinham em frascos brancos
bebendo de hora em hora
quando o relógio batia
- Você irá se lembrar?
E a sua primeira queda
o carrinho se desmontando
você tão pequenininho
jogado com tanta força...
E a noite no hospital
a nossa inquietação
e depois nossa alegria
por tê-lo de volta
como um milagre de Deus
sem mesmo um arranhão!

É bom você não esquecer
os passeios a Santo Amaro,
a Praça, o chafariz,
o quintal da sua Bisa
cheio de pintos e gatos

E borboletas voando...
A lavagem da Igreja

você vestido de branco
levando com bem cuidado
uma vassoura pequena
para ir lavar o Adro.
As missas e as novenas,
os parques de diversões...
Outras coisas vão surgir
não sei se estarei presente
para ficar bem de perto
vendo você ir crescendo.
Mas nada importa, Jorginho,
estarei seja onde for,
estarei muito feliz,
se você lembrar de mim
com muito agrado, com amor.

dona Júlia

Dona Julinha com a cabeça toda branca pensava como poucos jovens. Aceitava as mudanças da vida com coragem e otimismo e suas opiniões eram interessantes. Não era, como se dizia no seu tempo, uma mulher de estudo, mas sabia falar e bem de qualquer assunto.

Morava na Praça perto da Igreja de Nossa Senhora da Purificação e era importante: Nossa Senhora era sua comadre! Gabava-se disso. Nossa Senhora madrinha de sua filha Canô. A Mãe da Purificação, sua comadre, ouvia sempre seus rogos.

Dona Júlia era muito vaidosa quando se tocava em assunto de comadres. Por ter dezenas de afilhados tinha compadres por todos os lados e com o nascimento da sua filha caçula tomou como Madrinha da menina Nossa Senhora. Que honra! Comentava a escolha com muito respeito e garantia que na hora do batizado a coroa de ouro foi colocada na cabeça da sua filha e que tinha certeza que proteção não iria faltar. Era adivinha! Dona Júlia sabia das coisas...

Era parteira, saía a qualquer hora para "pegar" mais um menino. Entendia das mudanças da lua e conhecia a influência que elas causavam.

Não tinha medo de sair até na madrugada, não tinha medo das doenças brabas, contagiosas. Cuidava de doentes com varíola.

tuberculose sem temer contágio. Dizia que só temia a inveja para ela o pior feitiço! Cismava com gente de "sangue mau". Dar suas roupas, só a quem tinha sangue bom. Dava um, ganhava outro.

Sabia rezar de olhado e com três olhos das plantas ela tirava o "olho gordo" do invejoso. Repetia com fé: "Com dois te botaram com três eu te tiro, com as bênçãos de Deus e da Virgem Maria".

Fazia bolos de massa como ninguém, sempre guardava uma coisa gostosa para nos oferecer. A casa muito modesta tinha um quintal rico de frutas e espaço.

Dona Júlia tinha um papagaio que gritava o dia inteiro: Dona Júlia, meu café!

Das histórias da minha avó Júlia a que mais gostava de ouvir era a do violão do meu tio Almir, comprado com sacrifício e contra sua vontade que numa noite quando ele pensou em sair para uma serenata ela o quebrou na sua cabeça dizendo que não criou filho para seresteiro!

Dona Júlia, Iá Julinha, até hoje é lembrada com saudade daquele seu jeitinho de andar ligeiro com a sombrinha, a bolsa cheia de pirulito, chupeta de açúcar, raspadura, açúcar cândi para nos dar. A maior parte era sempre para Maria Bethânia, a neta preferida.

Minha Avó era neta de uma Índia Pataxó.

Eu, sua neta, ouvi com orgulho a sua história. No começo de mim uma índia... No meu começo uma tribo de mesmo, diferente das tribos que os livros mostravam, paradas no tempo. A tribo da minha Avó continuava. Nós em casa éramos os índios domesticados pelo tempo.

Também em mim um pouco da África vindo no sangue do Avô Cupertino. Dele, o banzo... a saudade de tudo que me segue a vida toda.

Da minha Avó a desconfiança e a simplicidade, herdei sem me dar conta.

Lá no meu ontem a preparação do barro que me fez ser hoje o que sou, derretendo a cada perda, perdendo a força por perder.

dona Pomba

Seu nome era Maria Clara Velloso, neta de uma índia pataxó. Em casa era Iá Pomba, na Cidade de Santo Amaro era dona Pomba, a parteira.
Alta, elegante, de fala e atitudes suaves era muito querida. Com muitos filhos e netos nunca demonstrou preferências. Cuidava de tudo e todos com bom humor e alegria. Sempre quieta, com vestidos compridos e chinelos ela andava delicadamente fazendo todas as nossas vontades.
Nunca ouvi uma reclamação saindo da sua boca sempre aberta em riso para nós seus "netos caçulas".
Na nossa sala de jantar tinha na parede um quadro de Jesus no Horto das Oliveiras. Um cromo verde com moldura de palhinha, lindo. Dona Pomba rezava sempre em frente a Ele pedindo boa sorte para os netos e nos ensinava a tomar a bênção ao Papai do Céu. Sempre olhei aquele quadro com muito carinho.
Dona Pomba ficou doente. Já não descia até a sala, passava os dias no quarto onde não devíamos entrar para que ela ficasse mais tranquila. Ouvi um comentário que seu estado de saúde estava piorando e que aquele balão que vinha no navio e servia para ajudar sua respiração já não adiantava. Ouvi choro de minhas primas mais velhas, de minha Ju, de meu pai e mãe Canô.

Aproveitei um momento em que estavam só olhando para ela, entrei no quarto e, diante do susto de todos, falei: "Vovó Pomba, ouvi dizer que a senhora vai para o céu. Antes de ir a senhora me dá o quadro da sala?"

No outro dia dona Pomba, com falta de ar, falando baixinho, sentindo a morte se aproximando, chamou meu pai e disse: "O quadro é de Maria Isabel..."

Quando tive minha casa o quadro ficou na minha sala. Olhando para Ele sempre me vinha um remorso, vinha uma culpa, de ter feito minha vó Pomba ter ido para o céu mais ligeiro só para me dar o quadro...

O sobrado era tão grande que dentro dele cabia o Telégrafo.
O som do aparelho Morse acompanhou de perto os nossos dias.
O toc... toc... cansativo para Meu Pai e Minha Ju era motivo de distração para nós, os meninos da casa.
A bateria com vidros cheios de água, sulfato de zinco e outras substâncias dava àquela saleta um misterioso tom de alquimia. O azul, misturado ao dourado do cobre, dava brilho e beleza às pilhas.
Meu Pai controlava a água, a cor dos vidros e nos controlava para não tocarmos ali. - "É veneno.", dizia.
O azul por trás do cristal nos atraía.
Quanto tempo eu ficava ali olhando as diversas formas que as pedrinhas tomavam: castelos? torres? navios? flores? caras?
Que misteriosa força fazia o telégrafo carregar pra tão longe, trazer de tão longe tantas mensagens?
Azuis ou negras?

dona Juju

Quando os galos cantavam, ela já estava de pé. Passava no salão onde ficava o nicho, ajoelhava e rezava para que o nosso dia fosse bom. Descia a escada, e mesmo sem tomar café, ia "fazer a chamada!" dos outros telegrafistas. Procurava saber das linhas e, junto a meu pai, olhava a bateria para verificar se estava tudo em ordem. Depois do café voltava ao Telégrafo. Dava a impressão que começava a brincar, batendo os dedos naquele aparelho que espalhava uns sons miúdos e entrecortados. Um rolo que me parecia serpentina ia guardando a tira que saía com os tracinhos que traziam as mensagens. Dava ideia de uma coisa mágica! Traços pretos, símbolos que ela decifrava na maior rapidez e copiava com letra bonita nos papéis timbrados do Telégrafo.
Passava muitas horas decifrando o Código Morse e copiando as mensagens. Uma pilha de telegramas ficava pronta para o estafeta sair distribuindo.
Sempre desejei fazer aquele trabalho de tradutora de tracinhos... Sempre desejei aprender a bater naquele ritmo para que lá longe lessem o que foi escrito. Eram momentos de prazer assistir aquela "mágica" que minha Ju fazia.
O barulho das batidas no aparelho se espalhava e por ele nós sabíamos quando estava chegando ou quando estava saindo alguma mensagem.

Além daquele trabalho, Dona Juju cantava na igreja. Sua voz bonita também levava mensagens... Num agrado ela enviava pedidos à Nossa Senhora para que tivéssemos boa sorte. Sempre estava pedindo por nós, sempre estava trabalhando para nós.

Era a minha fada madrinha... Sua vara de condão transformou muitas vezes minhas abóboras em carruagens e meu pranto em riso. Acreditava muito em seus poderes, na forma de decifrar acontecimentos, de corrigir erros, de ensinar o bom caminho. Agora que "o era uma vez" Dona Juju acabou, eu me sinto solta no mundo, sem um final feliz pra minha história. Tem horas que procuro portas para entrar por uma e sair por outra e acabo batendo a cara.

Repito sem graça: "Rei meu Senhor! Me conte outra".

A casa onde nasci era grande. Em cada quarto havia uma janela.
A gente sabia que as janelas serviam para olhar a lua, o sol, as estrelas, a chuva e os raios caindo.
Das janelas lá de casa a gente via tudo sem medo.
Raios e coriscos eram coisas bonitas que Mãe Mina nos mostrava.

dona Mina

Seu nome Isabel constava apenas nas certidões de nascimento e batismo. Sempre foi chamada Menininha, desde que chegou naquele 2 de julho de 1888. Era a Menininha da casa. Depois passou a ter apelido do apelido, passou a ser Mina.
Que acerto na escolha! Dona Mina era realmente uma mina de tesouros. Mina de ouro de doação, de carinho, de ternura, de compreensão.
Não sei dos seus estudos, sei que era sábia. Nunca deixou uma pergunta sem uma boa resposta. Entendia de todos os assuntos e sabia explicar com detalhes. Sempre que lhe sobrava algum tempo ia ler os velhos jornais guardados com todo cuidado. Lembro da sua leitura predileta - os Almanaques. Guardava muitos numa gaveta da mesa grande. Relia sempre e tirava informações para me passar. Fazia as adivinhações e explicava que a inteligência precisava ser exercitada. Brincava de ensinar e era uma professora perfeita!
Foi num dos velhos Almanaques de dona Mina que comecei a ler o mundo. Foi num dos seus velhos recortes que li as primeiras poesias, foi onde descobri letras de lindas canções.
Não lembro da Bíblia em suas mãos, lembro das parábolas saindo da sua boca e passando para mim um gosto de bondade, uma lição de amor.

Dona Mina não pariu, mas foi mãe de muitos filhos no seu jeito terno de contar histórias, ensinar a rezar, inventar comidas gostosas, fazer os melhores doces, na forma de ninar e de acordar com beijos e leite quentes.

Dona Mina imaginava coisas para facilitar a vida. Tentando acender o carvão para fazer o café, abanando as brasas dizia: "Quando você tiver sua casa tudo será mais fácil. Até lá alguém vai inventar um fogão que não precise nem fósforos!" Nas horas dos banhos, carregando água para a bacia, ela dizia confiante: "Breve não se vai mais precisar esquentar água. Vão inventar uma torneira de onde vai sair água morninha." A vejo a premeditar uma vida menos trabalhosa para mim.

Sempre que os acendedores automáticos ligam o meu fogão, lembro de dona Mina imaginando uma vida menos trabalhosa para mim. Um desejo maluco me vem, de ter ainda um abanador, uns pingos de vela, um montinho de carvão para eu acender e depois do café pronto eu ter por perto mãe Mina, a repetir que o amanhã vai ser muito mais fácil para mim... E eu acreditar.

santa Clara

Para Clara Maria

Os santos de lá de casa
ficavam dentro do nicho
mas nós tínhamos o direito
de em todos eles pegar.
Mãe Mina facilitava
tudo pra nos agradar.
Carregávamos S. Francisco
com suas chagas nas mãos
S. Antônio o mais bonito
servia como herói
enfeitando as nossas casas,
casas de mentirinha
onde frascos eram gente
e tinham vida vibrante
e viviam com as pessoas
brincando lá no salão.
E foi que um dia Calite
descobriu que Sta. Clara
olhava desconfiada
para cada um de nós
e reparando com pena
viu que a santinha chorava

uma lágrima fininha.
Saímos todos correndo.
Seria aquilo castigo?
Era saudade do nicho.
Mãe Mina explica sorrindo
e todos voltam pra o nicho
e nunca mais as imagens
foram pra nós os brinquedos
mais doces de se brincar.

Lá em casa sempre se rezava muito. A cada mês a devoção a um santo; a cada dia, nossa adoração a Deus. Antes das refeições, o sinal-da-cruz. Quando pequenos, nos disseram que se benzer antes de comer faz a comida não fazer mal. Muitas histórias nos ensinaram lá em casa. Minha tia Ju contou o milagre do vinho nas bodas de Caná, onde Jesus transformou a água em vinho e fez crescer a alegria. Na minha fantasia, eu pensava nas "bodas de Canô", e sabia que o vinho na mesa da nossa casa não iria faltar, que a alegria estaria sempre por perto. Minha mãe e meu pai, no seu jeito manso, fizeram milagres... Minha mãe faz milagres...

Lindaura Velloso Costa

Para Ju

Minha Daia em Santo Amaro
nasceu, cresceu, vai vivendo
acreditando nos astros
nos bons fluidos, na vida.
Sempre forte, avançada
viveu sua mocidade
com muita força e coragem.
Amou diversos amores
e foi também muito amada.
Sempre lidando com números.
Nos Bancos, na própria vida
somava as alegrias
e o amor multiplicava.
Todo bem que dividia,
com juros e correção
por certo subtraía
as mágoas do coração.
No tempo em que Salvador
só se chamava Bahia
e que somente o "Vapor"
o povo até aqui trazia
Dadaia veio passear.

E "mandava o figurino"
passear só de chapéu
e um chapéu mais bonito
ela tomou emprestado
para poder viajar.
De tarde, toda bonita,
num carro sem a capota
foi à Barra desfilar.
Lá pras bandas do Farol
o vento veio mais forte
e o lindo chapéu voou
e Lindaura se assusta
perde a pose, a elegância,
só não caiu por um triz
levanta e grita bem forte:
- "Para, para, por favor!
o chapéu é de Beatriz..."

A sala de jantar era grande e muito clara. Quatro portas e quatro janelas sempre abertas.
Três janelas davam para o quintal e uma para a entrada.
As portas, como os pontos cardeais, ficavam espalhadas em quatro cantos formando o Norte, Sul, Leste, Oeste de nossas vidas...
Nosso mundo era ali... inteiro...

Canô e Zeca

Para minha Daia

Na terra doce do açúcar
muita doçura se vê
e na doçura mais doce
vai crescendo, nessa terra,
de Zezinho e de Canô
o bonito bem querer.
Juntos há mais meio século
cada dia mais amantes
distribuindo alegria
aos amigos, filhos, netos,
aos chegados, bens queridos
que a vida lhes legou.

Zezinho calado e sereno
se torna no dia a dia
o mais jovem dos mais velhos
que Santo Amaro criou.
Canô bonita e bondosa
vivendo com alegria
fazendo a gente feliz
seu canto encantando a vida
dos que a cercam de amor.

Zeca e Canô fazem rimas
são a canção, a poesia
que aos filhos ensinaram.

Com o sucesso dos filhos
ficaram muito felizes
mas sentem muita saudade
e esperam o ano inteiro
para que, em fevereiro,
os meninos venham então
para aumentar a alegria
de todos nessa união.

Um dia, Canô e Zeca
receberam uma homenagem
pelos dois filhos famosos
e é exaltado o casal
com palmas e ovações.
Mas de repente aparece
no ponto alto da festa
um inesperado orador
que grita com entusiasmo:
"Aqui está entre nós
de Caetano e Bethânia,
o casal reprodutor."

dona Sinhazinha e doutor Batista

Ioiô Batista e Sinhazinha
fizeram Bodas de Ouro
de casamento e de vida
que viveram com esplendor.
Bem novos, foram pra Usina
fazer açúcar e amor.
Não tiveram muitos filhos
como era então o costume
dos ricos donos de engenho;
mas o doutor, sempre esperto,
teve outros filhos queridos
que Sinhazinha deu bênção
e todos são reconhecidos.
Desses filhos, bem diversos
vieram então vários netos
louros, morenos, mulatos,
todos eles boa gente
que vai se multiplicando
pois vem de boa semente.
O doutor que era agrônomo,
mandou buscar em São Paulo
sementes que, na revista,

chamaram sua atenção;
gastou dinheiro e papel
mas valia o sacrifício...
a flor, dizia o catálogo,
valia mesmo um tesouro!
Chegam as sementes esperadas
mas, depois de semeadas,
nasceu foi... chapéu de couro!
Na Usina, Sinhazinha
abriu escola bonita
onde, uma professora
ensina a ler e a escrever
outras ensinavam prendas
os bordados, as pinturas,
os porta-jóias com fitas
e forrados de cetim.

É Sinhazinha pioneira
de teatrinho infantil
e de transporte escolar
há mais de sessenta anos
lá na Usina Passagem
mandava o carro de boi
todos os alunos buscar;
e o carro vinha gemendo
e a turminha feliz
vinha cantando em folia,
fosse em tempo de verão

com mais de cem criancinhas
todas vestidas de branco
com a vela acesa na mão
subindo devagarinho
pra na Capela bonita
receber a comunhão.

Lamartine Jansen Mello

Para Edla Vitória e filhos.

Lamartine muito cedo
teve uma grande paixão
Edinha morena linda
que bem moça, uma menina
entregou-lhe o coração.
As coisas do amor na época
eram sempre proibidas
e os dois sofreram juntos
as penas doces da vida.
Os encontros escondidos...
e os castigos severos
eram a ambos aplicados
mas os dois nada temiam
pois estavam apaixonados.

Um dia em que Lamartine
não aguentava as saudades
que pareciam cortinas
cobrindo seus olhos tristes
resolveu a qualquer custo
chegar à Estrada dos Carros
e olhar seu bem querer.

Nada o assusta ou o prende.
Procurou um bom disfarce
para encontrar seu amor.
Pensando em Lamartine
Edinha chorosa e triste
chegou até a janela
e quase morreu do susto
misturado com a alegria:
estava ali à sua espera
de saia, blusa e chinela
o seu amor que sorria...

Nós brincávamos de drama no quintal. Se chovia o palco passava a ser a escada do corredor.
Rodrigo dirigia as cenas. Mãe Canô dava lençóis para a cortina, meu Pai ajeitava o arame. O cenário era o araçazeiro ou os degraus, dependia do tempo.
Cantos, danças, monólogos, diálogos... de tudo apresentávamos um pouco.
Bob falava alto e era sucesso representando o Doutor. Sônia Muricy fazia a Senhorita:
"- Dá licença Senhorita?
Pode entrar senhor Doutor.
Hoje a tarde está bonita...
Seu chapéu, faça o favor..."
Caetano tocava com os copos com água. Uns mais cheios que outros e o som controlado por ele nos encantava.
Bethânia tocava bongô, outras vezes cantava "Feiticeira como a rosa, tão formosa...".
Cada um no seu papel, todos artistas principais aos olhos da plateia formada pelos maiores "tietes" que eram: meu Pai, mãe Canô, minha Ju, Daia, Dete, Inha, Thereza...

doutor Luis Torres

Para Dona Guida

Conheci o Doutor Luis
em uma casa bonita
que ficava lá num alto
olhando sempre pra o mar.
Era a fazenda Itapema
cercada de dendezeiros.
Por dentro coisas bonitas
que só em livros de histórias
pensava poder achar:
luneta pra olhar a lua,
pratas na mesa a brilhar...
Na frente junto ao portão
em azulejos bonitos
frases e versos escritos
por gente que ele sabia
ter valor, sabedoria.
Doutor Luis com o cachimbo
espelhando uma fumaça
muito fina, muito azul,
que enchia todo espaço
de um perfume gostoso
que misturando com o ar

das folhas, da maresia
fazia de Itapema
o recanto mais cheiroso
que meu nariz conhecia.
Na varanda como guarda
ficava um lindo cachorro
que como tudo da casa
tinha um toque de nobreza
e era chamado Duque.
Um dia, Doutor Luis
pra uma das lindas festas
que em Itapema fazia
convidou o meu irmão
que era seu afilhado.
Nós todos ficamos tristes
com o convite tão curto
- só pra Bob e nossos Pais.
E ficamos ansiosos
por notícias do jantar;
todo grupo acordado
a esperar Bob voltar
- Como foi? Como não foi?
e vem a mentira enfeitada
que nos deixou assustados:
- o jantar foi muito bom,
eu comi foi "Duque assado"...

mãe Cilina

Para Edith, Elza e Nicinha.

Gracilina era morena
já passando pra mulata
mas nem por sombra queria
escutar isto de alguém;
era na sua pureza
racista por natureza
sem fazer mal a ninguém.
Casou-se com seo Domingos
que também era mulato
mas ela nunca notou
e repetia garbosa:
- Quem? Domingos? É moreno...
e cortava logo a prosa.
Gostava muito de festas,
de rezas, de procissão;
era sua grande alegria
ir para a Praça rodar,
sentar num banco, prosar,
contar estórias vividas
e nos fazer gargalhar.
Tinha um espírito de humor
que se pode aquilatar

somente com a alegria
que ela distribuía
com seu jeito de falar.
Porque ouvia bem pouco
falava meio arrastado
e cantava ao fim da frase
que repetia a sorrir.
Sabia casos diversos
e conversava sozinha
enquanto lá na cozinha
fazia belas moquecas.

Um dia, de lá da sala,
escutamos seu monólogo
seguido de uma censura
lembrando quando no samba
Zizi entrou lá na roda
e fez a saia subir...
E a velha Mãe Cilina
com um jeitinho todo seu
repetia tudo aquilo
que no samba aconteceu:
"... além da saia subir
subiu um fedor de bebeu..."

Maria Tábua e Guiba

Santo Amaro teve histórias
de muito amor impossível
escondidos nas alcovas
dos sobrados muito antigos.
Mas o amor mais maluco
que Santo Amaro assistiu
foi o de Maria Tábua
com Guiba, seu grande amor.
Os dois bebiam e cantavam
cantigas declarações
se abraçavam, se beijavam
e juravam eterno amor.
E num instante mudavam
toda aquela encenação:
se esmurravam, se mordiam
botavam os podres pra fora,
se separavam outra vez,
só se encontravam de novo
no final de cada mês.
Novos abraços e beijos
e as brigas pra concluir
e Maria Tábua xingando

jurando matar o Guiba
gritando, cheia de raiva
- Desgraçado, meu amor!

Guiba morreu e Maria
chorou e xingou a vida
e foi vivendo a xingar;
xinga tudo que a cerca,
xinga o chão e xinga o ar.
Maria sabe mais nomes
que qualquer homem do cais
Maria dobra a risada
bate o cacete no chão
e repete nomes feios
como ninguém ainda o fez.
Maria Tábua que sofre
com os moleques gritando
seu nome sem compaixão...
Maria Tábua que xinga
com alma, com o coração.

Dioguinho

Conheci tio Dioguinho
em uma casa bonita
que ficava lá na estrada
que ía dar no Pé Leve.
Ele era só alegria
falava alto e sorria
contava casos, folias
e nos fazia sorrir.
Mas o tempo foi passando
ele foi envelhecendo
e ficou esclerosado
chegou a fazer bobagens
e deu trabalho dobrado
a todos que o amavam.

Um dia Tio Dioguinho
sonhou que era rapaz,
aquele rapaz fogoso
que sempre amava demais:
e levantou do seu sonho
sem se dar conta do tempo
que era realidade

e saiu bem devagar
e foi bater numa porta
que há muito estava fechada
de uma velha namorada.
Causou grande confusão
suas declarações gritadas
à porta já esquecida
das coisas boas do amor
vividas nas madrugadas.
E foi vivendo Diogo
vigiado, chateado
por não poder passear.
Um dia dá um desmaio
e todos socorrem aflitos
e acedem uma vela
pensando que era a morte
que o queria levar.
A vela acesa na mão
Dioguinho abre os olhos
e entende a encenação
e com o seu bom humor
apaga a vela de um sopro
e diz com o peito bem forte:
"Não vou a vela, já sabem,
só vou a remo pra morte"...

o padre

Tudo aqui em Santo Amaro
acaba mesmo em arrelia
até as coisas mais sérias
causam risos e gracejos.
Aqui viveu num passado
que muito distante vai
um Padre que dividia
com grande sabedoria
sua vida em duas porções:
uma parte virtuosa
bom homem, servo de Deus,
outra de homem comum
apenas filho de Deus.
A sua parte mais pura
era brilhante, perfeita
amava a Igreja, seus dogmas
e ajudava a pobreza.
Fazia sermões bonitos
que davam gosto escutar
mas a parte que sobrava
era de macho bem bravo
que queria correr solto

viver muito, muito amar.
Um dia sua metade
guardou a metade santa
e saiu por noite afora
numa aventura maluca
que lhe encheu de emoção.
Mas no alto do colóquio
a bela que o abraçava
acaricia os cabelos
e passa a mão na "coroa"
que escondera com zelo.
A criatura se assusta
e grita: valha-me Deus
Santo Antônio, São José,
Mãe da Purificação
E o padre meio confuso
diz baixinho no seu ouvido:
- deixe isso pra depois...
Não é hora de procissão!

Além da mangueira tínhamos pés de pinha e araçá no quintal.

Os cajueiros só encontrávamos em Berimbau ou Itapema quando podíamos veranear.

Os cajueiros espalhavam um cheiro doce em todos os cantos. O mar em Itapema, a fonte em Berimbau, encharcaram de alegria a nossa infância.

Leite no curral, requeijão na beira do tacho, mel dentro dos favos, frutos embaixo das árvores... que gosto bom tinha a vida!

Na Pedra, as jacas abertas na varanda. Até hoje em mim o visgo da saudade.

professor Nestor

Para Antonio José, Dólia e Grácia

Nestor Oliveira veio
de São Bento do Inhatá
respirando a doçura
do verde "canaviá".
Sempre amigo dedicado
e professor bem querido
foi poeta, foi boêmio
que amou demais a vida.
Inteligência incomum
memória prodigiosa
ninguém igual a Nestor
para dois dedos de prosa!
Fazia blague de tudo
contava estórias, mentiras
e mesmo em dificuldade
só via gosto na vida.
Amava a vida do campo
e as coisas simples da vida;
Não tinha pressa na vinda
e muito menos na ida!
Seus olhos bem buliçosos
teimavam em pouco enxergar

seus óculos de vidros grossos
nada deixavam escapar...
fossem as penas do canário
fosse rio, fosse mar,
principalmente a beleza
da mulher no caminhar.
Da esposa que era a Glória
sempre dizia convencido:
- O mortal persegue a glória,
sou por ela perseguido.
Ninguém mais manso e mais doce
como pai e como avô:
fazia arraias, carrinhos
contava estórias de amor.

Arrumando suas gaiolas
confessava aos passarinhos
seus segredos mais guardados
dando-lhes alpiste e carinho.
Assoviando baixinho
Nestor esquecia o tempo
os mulungus, os pedrouços
e levava a vida em frente.
Foi Prefeito, pôs gravata
e sofreu com o colarinho
mas, bom pássaro, foi embora
e voltou para o seu ninho.
Num recanto bem modesto

somente com terra e céu
foi vivendo bem tranquilo
e do mundo se escondeu.
Nos descansos do descanso
se refugia na Pedra
e vai plantando o poeta
versos bonitos na terra.

Até que num dia de festa
com bandeirolas voando,
Nestor sem arrumar as malas
da Pedra vai se afastando.
Sem hora certa, sem planos
como viveu: - a sonhar
nos deixa todos pensando:
 - foi ali... mas volta já.
Mas dessa vez nosso Amigo
deu esfrega pra valer
foi sem provar a canjica
e o licor sem beber.
Foi acender sua fogueira
com as estrelas seu condor
e por certo contar prosa
com o Mano Nosso Senhor.

dona Edith

A memória musical do Recôncavo vive guardada nas ruas, nas praças, nos becos de Santo Amaro. Cada janela onde um olhar passeia sobre as pedras e os passeios daquela Cidade está escondendo lá dentro um samba de roda, uma chula.
O ontem canta e dança em cada sala humilde onde sons de vozes, violas e palmas se misturam.
Numa casa da Rua do Amparo um som a mais é acrescentado e a vibração aumenta no dengo das vozes, nos passos miúdos do samba no pé. É a casa de Dona Edith do Prato. Lá a legítima sonoridade do Recôncavo mostra sua raiz.
Dona Edith tira o samba no tom da alegria e das lembranças. Pega o prato de louça e uma faca de mesa e vai lá longe buscar o ritmo dengoso de um tempo que retoma sempre que o samba começa. Suas mãos crescem em volta do prato, em torno da faca que passeia na beira do prato num agrado, num carinho. Parece que a faca quer ser afiada para o som sair cada vez mais bonito. Edith balança o corpo, ergue mais o prato e deixa a faca buscar o som escondido na louça branca que se entrega aos caprichos da batida primitiva que uma gente simples criou e passou adiante.
Dona Edith Souza Oliveira, filha de seu Domingos e Dona Gracilina, mudou de nome:
Ela é agora Dona Edith do Prato. Palmas para ela!

dona Cecília

Para Leíta, Cézar, Telma e filhos.

D. Cé era a parteira
que chegou a Santo Amaro
bem moça, recém-formada.
Pegou o navio na Baiana
e veio triste, assustada
sem saber como seria
a vida que a esperava.
Do navio tomou o bonde
que os burrinhos puxavam
e entrou pela cidade
que lhe pareceu vazia
e sentindo muito frio
olhou de passagem o rio
que mansamente corria...
Entrou na Maternidade
que seria sua casa
e começou nova vida
que corria como o rio...
Vidas novas começaram
trazidas por suas mãos
e aos seus olhos a Terra
foi ficando mais bonita
com mais calor e mais vida
e tomou seu coração!

O seu nome foi chamado
por todas mães confiantes
que só queriam que os filhos
chegassem com Dona Cé.
As crianças iam crescendo
e ela nunca esquecia
detalhes de cada vinda
nem as datas das chegadas!
Os anos foram passando
são quase cinquenta anos!
e as novas gerações
procurando os seus cuidados.
E Dona Cé sempre boa
agrada e cuida das pobres
que a procuram a gemer...
e sua força se espalha,
o seu sorriso encoraja
e vem a paz para a mãe
que espera a hora sublime
de ver seu filho nascer.
As mãos de Dona Cecília
antes de cortarem o umbigo
do neném que com o choro
enche a sala de alegria,
acariciam a cabeça
da mãe que sorri e chora.
Foi sempre muito querida
dedicando sua vida

a vidas que viu nascer.
Comparava cada parte
com uma viagem a ser feita
explicava com carinho
que sempre se chega bem.
E o destino brincando
fez com que um dos seus partos
fosse de fato viagem
numa viagem de trem!
Um dia - uma homenagem
se prepara para Mãe Cé
na Escola Araújo Pinho
as crianças motivadas
faziam composições.
Os papéis por sobre as mesas
e no quadro um só lembrete:
Escrevam sobre a Mãe Cé;
falem de suas emoções.
E um aluno apressado
se levanta e vai ao quadro
e num tom de brincadeira
faz a coisa mais bonita
que só criança é quem sonha:
Pega o giz e em traço firme
completa a frase sorrindo
e dizendo enquanto escreve:
- "Mãe Cé pra mim é Cé... gonha!"

Ju, minha filha mais velha era tranquila. Dona Cé explicava: filho querido é filho tranquilo.

Viajava de ônibus no meu colo, dormindo. Sua cestinha de roupas, cheirando a alfazema, viajava nos meus pés.

No Posto Rodoviário entram soldados e vasculham o ônibus. Todas as malas estão abertas. A cesta cheirando a alfazema não foi tocada. No meu colo minha filha dormia e não sabia que houve revolução.

Os soldados procuravam, procuravam...

A pasta 007 do homem da cadeira em frente foi revirada. O homem suava e piscava.

Tinha cisco no olho daquele homem?

Minha filha dormia de manso. Ela não sabia que os soldados procuravam comunistas, que o homem piscava e que a mãe dela tremia de medo.

Na cesta, com laço de fita e cheiro de alfazema, a roupinha de cambraia cobria papéis que precisavam ser queimados longe de soldados, no quintal lá de casa, longe das plantas para não queimar as folhas.

Minha filha dormia e nos protegia - à cesta e a mim.

dona Cici

Dona Cici era em verdade dona Alice. Sua casa ficava afastada das demais casas da Cidade. Para seus filhos chegarem até a Escola cavalos mansos serviam de transporte. Todos gostavam de andar a cavalo. Da Escola, nem todos. Ir para o Colégio era um bom passeio, um bom começo do dia. Nem sempre as aulas eram interessantes, mas o ir e voltar era bom demais Quando chovia dona Cici olhava aqueles "pacotinhos" embrulhados, protegidos com os plásticos e com seu carinho e achava engraçado. Lá iam eles montados nos cavalos à caminho da Escola. Na volta a alegria do abraço e o almoço gostoso, a mesa farta. Na sobremesa doces a escolher, sucos das frutas tiradas no quintal. A mesa era uma festa. Dona Cici não media sacrifícios para que seus meninos crescessem fortes, felizes e soubessem ler bem mais do que ela. Que estudassem, aprendessem, para o futuro ser melhor. Dona Cici falava com todos sobre o futuro, que cada um procurasse aprender para viver bem. Metia medo num tom de brincadeira dizendo que qualquer dia ela iria embora com as cigarras. Dona Cici não perdia oportunidade de aconselhar a cada filho ser bom, educado, amável, generoso. Os meninos ouviam os conselhos e temiam o dia em que a mãe tão boa fosse atender às cigarras. Ela a Dona Cici deles ir com as cigarras...

Ela brincava dizendo que a qualquer dia eles poderiam voltar do Colégio e não encontrá-la mais fazendo pratos gostosos, nem lavando roupa para que cheirasse a patichuli, nem varrendo a casa e colocando flores no centro da mesa e junto ao nicho. Um dia, eles iam ver, ela sorria brincalhona e repetia "Vou embora com as cigarras!" Aquelas cigarras que arrodeavam a varanda, o quintal, o pomar chamando por ela todas as manhãs e ao entardecer Ci Ci Ci Ci Ci Ci Ci Ci... Os meninos sentiam medo. As cigarras não paravam de chamar cada vez mais alto: Ci Ci Ci Ci Ci Ci Ci Ci Ci... O canto se espalhando nas árvores. As crianças se juntavam à saia de dona Cici que, preparando o cuscuz, deixava que se espalhasse na casa o cheiro bom do café com leite que saía das canecas. A mesa cheia de carinho. O tempo passou. A casa ficou mais longe, muito longe... Os meninos cresceram mas não esquecem o tempo bom em que o medo maior era perder a mãe para as cigarras. Hoje, maior que o medo, o canto das cigarras traz saudade. Uma saudade enorme.

Dona Cici, Ci Ci Ci Ci no céu tem cigarras?

dona Rosa

Quem é aquela que não canta?
Todos queriam saber quem era aquela mulher, mas a pergunta veio do menino que da porta da casa de farinha observava as mulheres que cantando raspavam a mandioca.
Aquela que não cantava acompanhando as demais do grupo, chamava a atenção de todos por trabalhar calada e principalmente porque os seus olhos espalhavam uma tristeza azul na casa de farinha.
Contavam que aqueles olhos azuis foram os primeiros que olharam o verde da Fazenda Amparo. Até a chegada de dona Rosa ninguém dali havia visto uma pessoa de olho azul.
Dona Rosa era bonita. Uma beleza diferente da graça morena e negra das mulheres da fazenda.
Quem seria a mulher tão distinta e tão distante? As pessoas guardavam a curiosidade em várias perguntas escondidas. O desejo do conhecer Dona Rosa encontrava uma barreira que não se transpunha. Sua forma quieta de ser, o silêncio que a envolvia deixavam em todos o receio de perguntar. Todos ficavam curiosamente calados.
No dia em que o menino disse: quem é aquela que não canta, houve um momento de mal estar. O silêncio cresceu no pó branquinho que subia do forno e a surpresa e o susto se estamparam em cada rosto.

O menino perguntara sem constrangimento, com a sincera espontaneidade de criança, mas os demais ficaram constrangidos.

Dona Rosa ouviu o menino e observou o espanto das companheiras. Disfarçou com o seu modo educado de ser. Naquele instante aconteceu o inesperado: Dona Rosa começou a cantarolar e fixou o olhar azulado no ralo escuro que estava em suas mãos cobertas de massa branca.

As mãos de Dona Rosa não contrastavam com a mandioca como todas as outras mãos que labutavam ali naquele barracão. As suas mãos eram brancas como a farinha que dançava empurrada pelo rolo em cima do forno quente e avermelhado de brasas.

Seus dedos eram finos e em um deles brilhava um anel de ouro. Todas as outras mulheres já haviam reparado aquele anel, aquele silêncio, aquela forma diferente de proceder. Só faltava coragem para fazer o interrogatório desejado.

O menino, que com sua inocente curiosidade abriu caminho, atiçou a vontade de todos procurarem conhecer os segredos daquela estranha. Fez a pergunta e saiu sem se importar com os olhares de reprovação, com o espanto, com o silêncio que tomou conta da casa de farinha. Saiu correndo em direção à gangorra pendurada na mangueira.

Na casa de farinha ninguém mais podia dizer "aquela não canta.." Canta sim. Uma cantiga desconhecida, difícil de ser entendida. Uma canção balbuciada, cantada com medo. Se ela cantasse um pouco mais alto, se deixasse entender o seu cantar...

Quando escureceu todos saíram da casa de farinha, cada um

procurando o caminho de casa. O caminhozinho feito no chão pelo vai e vem dos pés. O mato não crescia naquela trilha porque o peso de cada passo esmagava o verde que queria nascer. Os pés de dona Rosa também passavam ali, pés que contrastavam com a cor da terra. Pés que pisavam de leve naquele jeito de quem não tem costume de pisar no chão, de andar descalço.

As casas eram todas iguais e em todas, naquela hora, os cheiros eram os mesmos: cheiro de fifó aceso, querosene queimando o pavio, cheiro de casca de laranja ajudando o carvão pegar fogo, cheiro gostoso de café quentinho. Como num ritual, em cada uma daquelas casas de chão batido, naquela hora da "boquinha da noite" tudo era feito da mesma forma acender o fifó, ou o candeeiro, o fogão, colocar água para ferver fazer o café, o cuscuz, cozinhar aipim, batata doce ou banana da terra. Só na casa de dona Rosa era diferente. Tudo lá era feito em outro ritmo. Dona Rosa deixava a escuridão invadir a casa toda. Sentada na pequena sala ela ficava deixando o tempo passar. Quando os vizinhos começavam a reunião junto ao Cruzeiro para comentar o dia, tocar viola, cantar modinhas é que ela acendia luz em casa. Por baixo da porta, pelas frestas da janela, podia-se ver um fio de luz que durava pouco, logo se apagava. O cheiro da sua casa era outro - cheiro de chás, cheiro de frutas.

Amanhecendo recomeçava a rotina. A primeira porta a se abrir era a de dona Rosa. Ela saía quase batendo a cabeça no portal, a casa pequena, ela tão alta!

No terreiro uma porção de aves ciscando, procurando o que

comer. Dona Rosa com um chapéu de palha ia tangendo delicadamente as galinhas até o cocho. Seguia até o riacho para pegar água. O olhar longe, o pensamento longe. Ia até o rio, voltava com a lata cheia, o rosto lavado e um ar de calma exagerada. Dava a impressão de apatia, desânimo, mas não havia preguiça. Trabalhava sem parar, o tempo todo.

Em que pensava dona Rosa enquanto carregava aquelas latas d'água? Dava muitas viagens até o rio. A água trazida na lata brilhava ao sol como seus olhos olhando a água correndo nas pedras.

Lá um dia, voltando da fonte uma das vizinhas de dona Rosa tornou uma queda. Estava no 8º mês de gravidez. A parteira foi chamada às pressas e nasceu uma menina depois de muita agonia. Ao cortar o umbigo a velha parteira disse que mãe e filha precisavam de muitos cuidados, estavam vivas por milagre. A notícia correu logo por toda a Fazenda. Dona Rosa entrou na casa vizinha oferecendo ajuda. Olhou a criança miúda, feinha, muito pálida, embrulhada numa flanela estampada de cores vivas. A mãe culpava a ladeira, culpava as pedras, culpava aquela maldita queda. Dona Rosa calada, tentando ajudar. Passava as noites acalentando mãe e filha. Nascia assim uma grande amizade entre as vizinhas. Quando a criança chorava dona Rosa se aproximava das duas cadeiras de braço colocadas uma em frente à outra formando berço e olhava com ternura aquele começo de vida. Ficava junto ao berço improvisado e improvisava tudo para melhorar aquele ambiente. Sempre com a forma lenta de fazer as coisas, dando a impressão de cansaço ou preguiça. Faltava em dona Rosa aquela agitação, aquela agilidade que todos ali possuíam. Parecia, observando de longe, que Dona Rosa fazia tudo em câmera lenta. Ela era diferente dos demais que se atropelavam fazendo as coisas e que falavam todo tempo.

Era preciso silêncio no quarto, mas as pessoas falavam alto, riam alto, faziam perguntas sem parar. Dona Rosa observava e pensava em pedir calma, mas o seu silêncio não lhe permitia chamar o silêncio dos outros. Saia do quarto e deixava seu olhar passear outra vez por aquele pedaço de terra até chegar ao horizonte e encontrar lá longe a terra e o céu se encontrando... Quando o quarto ficava vazio, dona Rosa voltava, oferecia água de coco à mãe que já menos fraca amamentava a filha.

Na sala os outros vizinhos bebiam a "meladinha" e festejavam as vidas que foram salvas. O pai era o primeiro a beber para que a criança tivesse boa sorte. A meladinha espalhava cheiro de mel, desejo de doçura para a recém-nascida e para todos que fossem visitá-la.

A novidade naquele ano de 1951 foi a chegada prematura daquela criança e também a chegada de dona Rosa.

Uma queda fizera o parto se adiantar um mês. O caminhão quebrado fizera dona Rosa saltar antes do lugar determinado. Explicações existem para cada fato, mas as pessoas simples não procuram explicações. É mais fácil aceitar o que acontece do que buscar motivos. Foi a vontade de Deus! Repete-se e aceita-se. A menina chegar antes do tempo foi vontade de Deus.

A parteira veio com sua filosofia: "Tempo certo quem tem é fruta, gente vem e vai quando Deus quer...."

A mãe da menininha dizia: foi bom ... Fiquei mais leve um mês na frente...

Dona Rosa ouvia tudo no seu mudismo habitual e aquela forma de Sinhá Lazinha falar dava-lhe calafrios. Ela sempre tinha calafrios quando se emocionava.

Depois que mãe e filha se recuperaram a vida voltou ao normal. Dona Rosa quando não estava na casa de farinha procurava a menina. Carregava com ternura e falava muitas coisas que não davam para entender. Só com a criança ela falava num monólogo alegre/triste. O riso era a resposta que a menina dava a tudo.

À proporção que o tempo ia passando a criança ficava mais tempo com dona Rosa, por isso ela agora ficava menos tempo olhando para o céu. Aquela criança passou a ser a coisa mais bonita para os seus olhos. Estava gordinha, rosto redondo, cabelo cheio de cachos miúdos. Laços de todas as cores eram mudados nas tranças e nos outros penteados. As fitas acetinadas não combinavam com os vestidinhos aproveitados das irmãs. As fitas eram tiradas da mala cheia de mistérios de dona Rosa.

Numa noite de lua cheia a fazenda parecia acesa. A porta de dona Rosa fechada, ela lá dentro fechada nos seus pensamentos. Bateram na porta. Era a menina ainda acordada por conta da noite tão bonita. Dona Rosa recebeu a menina com aquela alegria que ficava guardada só para ela. Saíram juntas, olharam o céu. Lá adiante viram o rio e dentro dele a lua refletida, a lua, moça vaidosa se mostrando no espelho.

De mãos dadas dona Rosa e a menina foram até a beira do rio.

A menina jogou um jasmim na água, era um presente para a lua. Quando a flor bateu bem em cima da lua a água estremeceu e deu a ideia que a lua sorriu agradecida.

As duas voltaram pensando que a lua ia dormir feliz com a flor no cabelo.

Elas também estavam felizes.

Todos sabiam que dona Rosa só conversava com a menina. Procuravam saber o que, mas a menina tornara-se igual à amiga e falava pouco. O segredo era delas.

Um dia a menina correu para a casa de dona Rosa. Brigara com os irmãos.

A mãe cansada e impaciente não lhe dera atenção. Com a amiga estaria amparada, e teria ajuda. As queixas foram ouvidas. Com a menina no colo dona Rosa brinca tentando fazer com que a zanga vá embora. A casa se encheu de riso, e dona Rosa se assustou ouvindo sua própria risada. Já não lembrava dela. Não a perdera numa briga com os irmãos. A briga tinha sido muito mais séria, mais dolorosa e não pudera contar a ninguém. A briga fora de casa, homens armados destruindo tudo. Uma guerra feia como toda guerra. Sua família tendo que fugir. O pensamento foi trazendo tudo de volta: um trem superlotado, caminhada sobre gelo, pés sangrando, lábios partidos. Um navio a levando para um país sem guerra... Dona Rosa vindo para se juntar aos outros poloneses que haviam chegado à Bahia. Um caminhão quebrando perto da Fazenda Amparo. Dona Rosa não suportava o calor. Os outros foram adiante, ela ficou só. Ficou só até o nascimento prematuro daquela criança que ela ajudou a colher...

Para ela a menina nasceu como nasceram as flores do seu jasmineiro.

A casa de dona Rosa se transformou a partir daquele dia. Os irmãos da menina escutando da porta não entendiam a língua que as duas falavam. Que conversa era aquela?

Dona Rosa cantou uma canção da Polônia, a menina repetia. Os olhos azuis de dona Rosa derramaram naquele dia suas primeiras lágrimas de alegria no Brasil.

Na cozinha ficavam a máquina de moer carne presa na cabeceira da mesa, as moringas com água fresca nas janelas, no fogão a caldeira sempre cheia de água quente. Era uma cozinha bonita, grande, espalhando sempre um cheiro gostoso de coisa gostosa.

No tempo de araçá mirim as geleias impregnavam as mãos de Mãe Canô de nódoa. Ela passava limão antes de ir costurar.

A máquina de costura ficava na saleta ao pé da escada. Minha Mãe bordava com um bastidor que ela dirigia como um carro na estrada. Fazia curvas, subia, descia... No pano ficavam as marcas do caminho: flores, estrelas, e corações nos riscos.

Enquanto bordava Minha Mãe conversava e repetia sempre que aprendeu a costurar com Zuzu.

Nos lençóis, nas fronhas da gente, a bainha aberta para nossos sonhos.

Os riscos... só depois observamos.

Os labirintos, só bem mais tarde começamos a percorrer.

dona Adélia

Ela morava na Rua do Rosário. A casa era bem simples. Muito limpa, sempre cheirando a patichuli. O quintal era cheio desta e de muitas outras folhas.
A porta da rua sempre aberta ficava na direção da porta que dava para o quintal. Atravessando a pequena grade de ferro via-se logo o corredor inteiro, a sala, a varandinha e o verde todo que ia até o portão que dava para a outra rua.
Junto à porta que dava para a cozinha ficavam a almofada com os bilros, uma cadeira de palhinha e um banquinho com uma almofada forrada com um pano de listrinhas. Era ali que ela passava mais tempo. Dava a impressão que brincava com os bilros, batendo um no outro, passando de uma mão para outra. Os bilros cantavam num ritmo bom de se ouvir. Havia uma agilidade na troca dos bilros, no emaranhado das linhas sobre a almofada. Na marca do papelão o desenho, o debuxo a seguir. As linhas obedeciam aos bilros, os bilros obedeciam aos dedos, os dedos deviam obedecer ao coração que comandava aquele "brinquedo". Os alfinetes serviam para segurar a linha no papelão. O bico, ou a renda, ia surgindo e descendo do outro lado da almofada. Dona Adélia só demonstrava pressa batendo os bilros. No mais ela era de uma calma que parecia preguiça. Andava, falava, comia, rezava, tudo bem devagarzinho.

No quarto da frente tinha um nicho. Uma lamparina sempre acesa e flores não faltavam na frente dos Santos da sua devoção. Uma cadeirinha de missa encostada na mesa era usada nas horas das rezas. Deixando a almofada e os bilros ela ia rezar. Ajoelhava na cadeirinha e bem baixinho ia repetindo preces. Algumas vezes cantarolava algum bendito ou cantava inteiro o Ofício de Nossa Senhora: "Agora lábios meus dizei, anunciais os grandes louvores da Virgem Mãe de Deus..."

O Santo a quem tinha maior devoção era São José. Dele contava fatos milagrosos. Nunca lhe faltara a Sua ajuda. A "Capa de São José" a protegia do frio e da chuva. Contava que certa vez saindo da Igreja deu um aguaceiro. Todos correram, ela contava: eu vim pra casa bem devagar. Pedi a São José que me envolvesse com a sua capa e nenhuma gota de chuva caiu em mim!

Dona Adélia falava em São José com muita intimidade. Confiava demais no Pai Adotivo de Jesus. Sabia que a proteção Dele não lhe faltava. Trazia no pescoço, numa voltinha de ouro, uma medalha do seu Santo Protetor.

Quando Dona Adélia estava fazendo renda a casa se enchia de um alegre ruído. Tudo ficava mais alegre quando os bilros cantavam na sala.

Um dia a almofada já estava cheia, alguns metros de renda já estavam prontos, presos de lado com os alfinetes maiores. Os bilros correndo nas mãos de Dona Adélia. O barulho que vinha deles se tornou mais forte e descompassado. A dança dos bilros saiu do ritmo e eles se batiam um no outro. O som se espalhou além da sala. A almofada caiu no chão. Dona Adélia abraçada a ela. Os bilros entre seus dedos continuavam batendo. Dona Adélia tremia. Os bilros tremiam. A medalhinha de São José emaranhou-se na renda. Dona Adélia morreu. Os bilros calaram.

A casa se encheu de gente. Dona Adélia quietinha coberta com uma toalha com bico e renda feitos por ela. A almofada e os bilros lá no canto da sala, abandonados por sua dona que por certo foi fazer renda lá no céu junto com os Anjos e São José para enfeitar a mesa santa de Nossa Senhora.

No dia em que minha Avó morreu eu não sabia chorar pela morte.
Chorei com pena porque ela ia ficar sozinha no cemitério.
Eu já sabia que era ruim ficar sozinha, mesmo morta.
Daquele dia eu lembro que uma vizinha me levou para a casa dela e me deu doce de leite e fez papelotes em meus cabelos.
Na hora do enterro eu estava com os cachos soltos e bonitos. As pessoas passavam a mão e me olhavam com olhos idiotas.
As flores cobriam o terço e as mãos de minha Avó.
Meus cachos cobriam minha cabeça coberta de pensamentos.
Papelotes sempre me lembram enterro. Não gosto de papelotes. Não gosto de lembrar que me chamavam Shirley Temple.
Quem fez os cachos bonitos ficarem brancos?
Ainda se usam papelotes?

dona Dina

O sobrado era grande e todos os quartos eram cheios de camas sempre cobertas com colchas de flanela. Na sala a mesa com bandeja cheia de frutas misturadas com tomates e cebolas. Nas paredes fotos bonitas mostrando um lugar diferente coberto de neve. A sala era muito agradável. Sempre encontrávamos pães e bolos que eram servidos em grossas fatias.
Dona Dina sempre risonha recebia os amigos dos filhos com muito carinho. Falava ligeiro e muitas vezes não se fazia entender. Os meninos repetiam a ordem ou o convite que ela estava fazendo.
Lembro dela preocupada por saber que minha mãe estava grávida. Na sua fala diferente disse brincando: "Valha-me Deus! É capaz de eu estar também".
E estava... Minha mãe e Dona Dina tiveram mais um filho naquele ano distante.
A alegria corria pelo sobrado e vinha até a porta onde o bonde puxado a burro passava de vez em quando. Dona Dina com seu ar de eterna alegria dava adeus a quem passava no bonde e conversava com todas as pessoas que passavam no passeio. Brincava com as crianças, falava das compras com os adultos, comentava os acontecimentos sempre rindo. Era simpática e muito querida.

Um dia encontrei Dona Dina chorando. Um choro igual ao seu modo antigo de rir: não parava! O que teria acontecido? Os filhos contavam sem entenderem direito que a culpa era do bonde que trouxera o jornal. Alguma coisa errada estava ali escrita.
Em minha casa meu pai tentou explicar o choro de Dona Dina: o jornal falava da guerra declarada lá longe... "Por que o choro se nossas casas estavam tão distantes das batalhas?" Depois fui entendendo: a sua Terra era lá, perto da guerra. Os seus irmãos estavam lá...
Voltei até a sala de Dona Dina. Ela chorava olhando as fotos nas paredes. Comecei a ter vontade de chorar também. Comecei a ter horror à guerra e abracei Dona Dina e repeti o que meu pai me dissera: "A guerra vai acabar logo a Espanha vai se sair bem..." Ela sorriu e me beijou.
Naquele tempo eu não sabia o que era guerra, o que era Europa, o que era dor. Dona Dina me ensinou. Comecei a rezar pela paz para Dona Dina voltar a sorrir.

Depois do portão de ferro ficava a primeira parte do nosso sobrado. De cada lado do portão, também de ferro, ficavam as grades. Os seus desenhos bonitos davam mais beleza à frente pintada de cor forte.
Na entrada, as plantas. O jasmineiro ficava sempre branquinho. Junto à escada de mármore ficava a trepadeira roxa.
Para entrar lá em casa, passávamos sobre um tapete de pétalas coloridas.
Quanto chovia o tapete andava... entupia o ralo.
Era bonito ver a água transbordar de flor...

dona Flor

Lembro da sua casa na Rua do Amparo. Um portão de ferro que seguia a grade que protegia todo jardim. Quatro janelas davam para o passeio largo onde brincávamos de roda, picula e ponga-ponga. As janelas eram da sala de visitas, sempre bem arrumada com mobília antiga com lindas cadeiras de palhinha e um piano de cauda.

A sala era grande e suas quatro portas abriam-se para a entrada, o corredor, ao quarto de hóspedes e à capela.

A parte mais bonita da casa era a capela. Um nicho lindo cheio de Santos antigos. Um Crucifixo numa mesa de jacarandá sempre com flores tiradas do jardim que se estendia por todo lado da casa e terminava junto à mangueira.

A casa de Dona Flor era grande e o jardim era do tamanho da casa. Ela cuidava dos dois e ainda do marido e dos filhos que eram oito.

Sempre olhei aquela casa, aquele jardim como coisa de Dona Flor, e olhava Dona Flor como flor daquele jardim. O nome, eu pensava, botaram nela por causa do jardim...

Dona Flor era a mãe mais bonita daquela rua. O tom da sua pele, o cabelo bem preto e brilhante faziam dela uma das morenas mais belas da nossa Terra.

Não lembro dela tocando piano. Em minhas lembranças ele

está sempre fechado. Abertas estão sempre a porta da capela pouco iluminada e a que dava para o jardim sempre cheio de sol.

Dona Flor acordava cedo e se debruçava sobre a terra abrindo as leiras, plantando cravinas e margaridas, mudando as roseiras. Regava com carinho a terra se a chuva demorasse de cair. Os jasmineiros subiam felizes pelas grades e se espalhavam sobre o muro. A rua cheirava... Dona Flor passeava entre os canteiros cantarolando baixinho. Olhava para os lados, ia até a mangueira. Junto ao portão olhava para o cemitério e para o céu onde uma das suas filhas fora morar.

Dona Flor não se envaidecia dos brincos de ouro que usava. Não tinha vaidade por ter piano de cauda na sala de visitas e uma mesa cheia de comidas gostosas na sala de jantar. Só se orgulhava, só aparentava vaidade quando falava das suas flores e de suas filhas que eram lindas como a mãe, a Flor maior.

Parece maluquice, mas quando não estou na casa de minha mãe e vou preparar qualquer comida, só confio que tudo ficará gostoso se os ingredientes que for usar tiverem vindo de Santo Amaro. Todos nós "pegamos" essa forma de proceder com meu pai e minha mãe. Sempre lembramos do exagero de meu pai que achava que até o veneno para insetos só fazia efeito imediato quando era comprado em Santo Amaro!

dona Iramaya

Nas salas de aula do Ginásio Itapagipe a minha professora de Português descobriu em mim a poesia que eu nem sabia onde vivia escondida. Descobriu muitas outras coisas: meu medo, minha insegurança, minhas saudades e do seu modo manso tentou ajudar-me.

Lembro daquele ano de 1950. Menina vinda de uma Cidade do interior, cheia de medos, cheia de saudades dos pais e dos irmãos que ficaram por lá eu me sentia inferior a todos os colegas que por ali encontrei. O mar batendo nas areias do Bugari me fazia ver um mundo novo, bonito, mas diferente do meu mundinho escondido nas águas pequenas do Subaé. Tudo muito grande, tudo novidade que me fazia querer voltar para casa.

As aulas começaram. Retraída, no fim da sala, ouvia as vozes dos professores trazendo lições desconhecidas. Lembro da professora novinha, bonita, calma, de voz diferente, um jeito bonito de falar. Leu uma poesia e pediu que se alguém conhecesse aqueles versos que se apresentasse. Conhecia o poema e sabia de cor aqueles versos tantas vezes repetidos por meu pai. "Minha terra tem palmeiras onde canta o sabiá ..." A coragem tomou-me de frente e eu disse o poema inteiro. Daquele momento até hoje senti e sinto o olhar firme, o riso doce, o aplauso daquela mulher que me ensinou a ler melhor, a dizer melhor, a escrever melhor. Aquela mulher tão nova que me pareceu uma senhora de tanta sabedoria.

Estava saindo da tristeza de um zero tirado numa redação porque a Irmã, professora de português, mandou que toda classe escrevesse sobre o "Dia mais feliz da minha vida"
Escrevi com a sinceridade que sempre me acompanha sobre um passeio que fiz com meus pais e irmãos aos Filtros da Companhia Aquária Santamarense. Para a Freira Professora o dia mais feliz da minha vida tinha que ser o dia da 1ª Comunhão. Tomei o primeiro zero da minha vida. Aí sim, o dia mais triste...
No Ginásio Itapagipe tanta nota dez me fez esquecer as águas dos filtros, a 1ª Comunhão, e o trauma daquele maldito zero. Minha nova professora descobria em tudo que eu escrevia uma beleza que eu nem via! Minha nova professora enchia meu coração de alegria. Incentivava, pedia novas dissertações, composições, poemas. Parece que me pegava a mão para que eu escrevesse, mesmo com a letra feia e miúda, as coisas todas que me rodeavam. A minha nova professora fez-me escritora! Devo a seus elogios a coragem de mostrar os meus escritos.
Muitos anos passaram e o carinho cresceu entre nós duas.
Convidou-me certa vez para ir a uma festa do seu aniversário na Rua do Godinho. Minha mãe comprou uma caixa de sabonetes para que eu levasse como presente. Lembro até hoje do meu acanhamento. Fui recebida com agrado. Minha professora cobria um bolo com uma glace muito branca. Derramava delicadamente a doçura sobre tudo ali, sobre todos ali. Passei um dia feliz. Mais feliz até do que aquele dia em que fui com meu pai passear nos filtros em Santo Amaro.
Certa vez numa aula sobre nome próprio elogiou meu nome e

disse mais: se algum dia eu tiver uma filha terá o seu nome, Maria Isabel. Fiquei toda vaidosa. Soube depois que seria homenagem à futura avó, mas não diminuiu meu contentamento. Minha xará nasceu anos depois e meu carinho pela mãe foi se espalhando pelos filhos e netos que vão chegando.

Dona Iramaya foi morar em frente ao mar. Da sua casa assisti o sol se por algumas vezes. Cada vez com uma beleza maior. Naqueles fins de tarde entrava em mim poesia pelos olhos e pelos ouvidos. A conversa de dona Iramaya era poesia pura comentando o ocaso, o fim do dia, a velhice que chegava. Também eu envelhecendo e ambas encarando de frente ganhos e perdas, tirando lições do por e nascer do sol, do início e do fim das coisas...

A esperança à nossa frente.

O Ginásio Itapagipe passou a ser João Florêncio Gomes e Dona Iramaya passou a ser a diretora. Também eu estava dirigindo um colégio e nos nossos encontros falávamos das dificuldades na educação, da falta de assiduidade dos nossos colegas, dos nossos alunos. Lembrávamos do tempo bonito do nosso Itapagipe, das nossas aulas recitando poemas, dizendo letras das canções e dos hinos.

Participei de muitas festas do dia 17 de abril. Nos seus 80 anos a festa foi no salão cheio de filhos, netos, amigos, colegas, ex-alunos. Já adoentada mas a força, a coragem cercando seus dias. Sempre a encontrava com aquele jeito manso de dar carinho, com palavras de elogio e incentivo.

Em Santo Amaro passou dias com Dona Jacy e Dr. Péricles

Na igreja da Purificação rezou pela vida. Foi lá que vi uma

tristeza maior nos seus olhos, depois muita fé e confiança no futuro. Dona Iramaya sabia esperar dias melhores.

Participou dos aniversários de mãe Canô e era sempre motivo de muita alegria a sua presença em nossa casa. Nos 100 anos não teve condição de ir. Sua saúde ia mal. Chorei abraçando Maria Isabel e Rita adivinhando que não a veria mais. Infelizmente estava certa. No dia 17 de fevereiro Dona Iramaya morreu. Na Missa de mês cantamos no momento do ofertório: "Um coração para amar/ pra perdoar e sentir / para chorar e sorrir / ao me criar Tu me deste / um coração pra sonhar / inquieto e sempre a bater/ ansioso por entender/ as coisas que Tu dissestes / quero que meu coração / seja tão cheio de paz / que não se sinta capaz / de sentir ódio ou rancor / quero que a minha oração / possa me amadurecer / leve-me a compreender / as consequências do amor/ Eis o que venho Te dar/ eis o que ponho no altar/ toma Senhor que ele é Teu / meu coração não é meu."

O cântico revelando sua trajetória de vida, as palavras da carta lida por um de vocês, deu-nos a certeza de que viver como dona Iramaya viveu é bênção de Deus para todos que ela amou, para todos que a amamos.

O 17 de abril deste ano não terá festa por aqui. A festa por certo será no céu no qual ela acreditou e nos ensinou a acreditar. Dona Iramaya deve andar por lá distribuindo ternura, ensinando poesia, dando aulas de bem querer. Deve estar matando as saudades de dona Candolina e contando para ela que estamos por cá com saudades novas mas cheios de certeza que por lá a vida é bem mais mansa...

Minhas filhas mamaram no meu peito. No peito direito. No peito esquerdo. Esquerdo é do coração. Mamaram meu coração. Meu amor inteiro.

Aprendi com meu Pai e me dei inteira. Quantas filhas? Paridas três. Outros filhos ganhei nas salas de aula onde ensinava e aprendia.

Sala de aula, lugar onde os medos não entravam. A coragem estava sentada em cada carteira e seus grandes olhos me olhavam como janelas abertas.

O medo sisudo que convivia comigo não tinha acesso às minhas salas de aulas. Lá eu era outra - a forte, a querida, a ouvida com muito carinho.

Meu medo cresceu porque depois não me ouviram, porque deixaram de me amar.

Meus alunos ainda me amam? Quem fechou a porta de minha sala de aula?

Quem assinou a minha aposentadoria?

dona Deja

Para fazer o curso pedagógico meus pais procuraram um pensionato perto do Instituto Normal, no Barbalho para que eu não precisasse pegar bonde para ir às aulas.

Fui morar no pensionato de dona Deja. Sua casa era muito bonita. Sala de visita, sala de jantar com mobílias lindas. A cristaleira cheia de copos finos, taças de cristal e xícaras antigas. Tudo muito limpo e arrumado. Dona Deja contava com a ajuda de dona Chica que além das comidas gostosas nos dava carinho.

Dona Deja tinha três filhos, mas só a caçula morava com ela. As duas muito parecidas: bonitas, sempre bem vestidas e perfumadas.

Na casa de dona Deja passei um tempo bonito da minha vida. Estudando com muita vontade de ser boa professora e com o coração cheio de sonhos encontrava em dona Deja uma amiga um pouco mais velha que me ouvia, me aconselhava e demonstrava gostar muito de mim. Ajudava em tudo para que eu não sentisse falta da minha casa, contava casos da sua juventude e falava do grande amor da sua vida e me fazia sua confidente. Eu gostava tanto dela que nas férias eu sofria de saudades...

Dona Deja jogava no "Bicho" e todos os dias os meus sonhos

serviam de palpite! Ela acreditava nos meus sonhos. Naquele tempo eu também acreditava...

Logo que cheguei em sua casa dona Deja separou um prato, uma xícara para que eu usasse. Tudo lá era bem arrumado! O copo ela comprou e me deu de presente. Um copo de alumínio com asa. Parecendo um peniquinho. Usei naquele dia e uso até hoje. Nele bebi água para matar a sede, bebi água para me acalmar, bebi vinho para festejar um dia bom, bebi licores nas festas de junho, bebi champagne na formatura, bebi remédios e leite com mágoa... Nele tenho bebido alegrias e tristezas. Cinquenta anos que estamos juntos. Festejei com brinde e tudo os 50 anos do carinho que Dona Deja me deu e que não posso nem quero esquecer.

dona Iaiá

Nascida no dia 11 de julho, perto do dia de Nossa Senhora do Carmo, recebeu o nome de Maria do Carmo. Em casa era chamada Iaiá, na escola professora Iaiá, alguns colegas e amigos a chamavam Do Carmo, eu por exemplo.

Era chamada sempre por todos, para tudo: para ensinar como ninguém, para acalmar nas horas de sufoco, para rezar nas horas de sofrimento, para bordar nas horas de preparar presentes, para fazer doces nos dias de festa, para fazer licores para agradar aos sobrinhos, amigos e conhecidos.

Gostava de conversar. Muito inteligente em qualquer assunto podia-se esperar dela um esclarecimento, um comentário seguro. Dona Iaiá, dona do Carmo... quantas prosas tivemos, quanto proveito tirei! Lembro de Irene, minha irmã ainda bem pequena, quando saía para passear comigo na Praça do Rosário. Lá vinha Do Carmo pacientemente ao nosso encontro e Irene dizia: Dinha, lá vem Prosinha! Algumas pessoas pensavam que era prosinha, diminutivo de pró... professora, mas não era. Era diminutivo de prosa! Prosa boa, dos velhos tempos, Dona Iaiá falando "lá de casa", de sr. Pedro, da saudade da senhora sua mãe, falando de Itapema, dos banhos de mar, das moquecas, das mangueiras, dos cajus, dos doces de figo... Falando da Destilaria, dos bondes puxado a burro, dos navios no Conde.

Dona Iaiá bordando lindo, tecendo uma amizade que me sustenta. Linhas de todas as cores na cestinha onde ela procurava os azuis mais bonitos por saber da minha preferência pelo azul celeste. Na minha mesa de vez em quando a toalha bordada por ela me faz engasgar na saudade.

Guardada no mais escondido canto de ternura está a camisola que ela bordou para que eu usasse na maternidade quando minha filha Jovina nasceu.

Guardada em mim está sempre uma saudade que nasceu desde que dona Do Carmo foi para o azul.

Os brinquedos que enfeitaram o meu tempo de menina brincavam em todos os cantos da casa.
Os meninos vizinhos traziam novidades para as brincadeiras. A alegria crescia com a presença de cada um.
Sozinha eu inventava mil coisas. Fazia roda com bolas de gude, uma no centro tirando um verso...
Hoje, sozinha, bola no meio da vida, desafinando uma quadra de mim, tiro verso e reverso brincando de viver...

dona Zélia

Ouço o conselho: Não pense em escrever um Conto para Zélia Gattai. Só uma pessoa maluca poderia pensar em dar de presente um Conto a uma Escritora como Zélia Gattai, mulher de Jorge Amado. Que palavras você encontrará para dizer algo que possa agradar alguém acostumada a ler, e escrever tantas outras palavras cheias de beleza, de encanto?

- Não penso em escrever para a escritora Zélia Gattai. Vou escrever sim um Conto para Zélia, a menina que me mandou um convite para sua festa de 90 anos. A menina alegre faz uma festa e me convida. Sem ter um rico presente quero oferecer uma história. Quem vai me impedir de escrevê-la?

Só preciso de um papel em branco para jogar em cima a história para Zélia a menina que me veio no convite bonito, menina bonita com laço de fita.

Vou contar para ela a história de uma bota. Uma bota que se cobre de grama, de vinha, de oliveiras e pisa no mar com elegância e parece sair mar à fora em busca de outros mares e outras terras benditas. Bota de sonhos que ensina a sonhar.

É uma história bem simples, nascida da admiração que tenho por elas: a bota e a aniversariante. Uma sem a outra não seria completa. Como os pais da menina teriam chegado aqui se a bota não os fizesse viajantes para se encontrarem na capital paulistana? Como nascer o amor dos dois para que a menina nascesse? Tudo veio dela, a bota encantada que nem a bota do Gato de Botas que correu, correu e tudo deu certo.

A menina que nasceu do amor dos dois viajantes que seguiram a orientação da bota chegou num dia 2 de julho de um ano que longe vai. No convite para a festa ela diz que tem 90 anos... Com aquele jeito de lembrar, com a memória mais fotográfica que a sua máquina comprada lá longe... Parece mentira que só faltam 10 anos para o seu centenário.

Vou contar para a menina uma história de bem querer. Se ela nasceu em São Paulo foi aqui na Bahia que ela quis viver. A prova é o dia que escolheu para nascer: 2 de Julho, a maior data da Bahia.

A menina do século XX está brincando no século XXI. Brinca de mãe, de avó, de bisavó. Conta e escreve histórias que dão gosto de escutar e ler. Ouvir ou ler o que a menina conta é até melhor que olhar as fotos...

As palavras dizem de forma simples as coisas que seu coração guarda. Sua rica experiência corre nas páginas dos livros, sai da sua boca e vai encantando. A voz parece carregar o som do mar batendo levemente na bota fazendo um retorno ao passado, o som do mar da Bahia carregando o presente e projetando o futuro.

Quero achar uma forma de dizer a essa menina que neste Jardim de Inverno que está Salvador no dia do seu aniversário ela bem merece ser a Senhora Dona do Baile. Todos os seus amigos escolhem Um Chapéu para Viagem e correm para a festa. Cada um lembra O Segredo da Rua 18 e pisa com alegria no Chão de Meninos, sente vontade de invadir A Casa do Rio Vermelho para decifrar os Códigos de Família. Mesmo sem ter o dom de escrever bonito, assim igual a ela, vem a vontade de poder deixar escrito uma Crônica de Uma Namorada, falando de todo bem querer da Bahia por essa menina de laço de fita que completa 90 anos.

Vou escrever, sim!

dona Norma

Retratos nas paredes, quadros com o ouro derramado, livros, muitos livros nas estantes e na mesa farta encontros com os amigos...Assim recordo a casa em Amaralina.
Casa tão bonita sem uma mãe? Estranha minha filha bem pequena. Tento explicar e me confunde a emoção daquele instante. Afasto-me meio encabulada.
Aos poucos um nome é repetido várias vezes: Dona Norma fazia assim... No tempo de Dona Norma foi assim... Foi Dona Norma quem inventou... Dona Norma que me deu a receita... Dona Norma o tirou da cadeia... Dona Norma que me dava injeção... Dona Norma costurou... Dona Norma contou...
Em todas as conversas, em todos os assuntos surgia o seu nome. Sua filha que me recebia delicadamente notou que eu estava interessada em conhecer dona Norma. Rindo falou da sua presença em tudo. Dava a impressão que ela estava ali na cozinha, na varanda, na sala, em cada convidado que chegava e que tivera a felicidade de conhecê-la pessoalmente ou em Dr. Arthur e Maria seus filhos que lembram numa saudade doce os almoços em que não queriam peixe ou galinha e eram servidos para agradar a todos "peixe de penas" ou "frango de escamas"... A genialidade criativa da mãe boa, mas enérgica que sabia que os filhos precisavam aceitar de bom grado o que a vida oferecia.

A casa estava cheia daquela senhora bonita que sorria na moldura do retrato pendurado na parede. O seu olhar imortalizado na foto dando a impressão que acompanhava todos que andavam pela sala.

Dona Norma passou um tempo na terra e, segundo a análise do seu amigo Jorge Amado que temia a Cidade ficar mais pobre e mais triste com sua morte isto não aconteceu porque ela era tão poderosa que nem a morte conseguiu reduzir sua presença, limitar sua ação.

As suas artes, sua forma alegre e forte de ser deixaram marcas de beleza no coração de tanta gente! Se Dr. Mirabeau pintou quadros, Dona Norma pintou a vida.

Se muitas casas mostram nas paredes as Madonas de Dr. Mirabeau, cada coração daqueles que conheceram Dona Norma mostra a beleza que foi a sua vida.

Muitas histórias de amor e devotamento sempre são contadas mostrando dona Norma àqueles que não a conheceram pessoalmente, histórias tão fortes e tão vivas que a gente sente a sua presença naquela casa de Amaralina, no *Studio* onde estão os Santos de Dr. Mirabeau, nos passeios de carro com Maria..

A presença de dona Norma em nossas conversas é tão constante que ela apareceu forte e bela em sonhos de Lala, minha filha.

Não conheci dona Norma, só em fotos, mas falando ou escrevendo sobre ela sou capaz de vê-la sorrindo saindo da moldura do retrato, humanamente boa e feliz observando a vida que ela soube valorizar como ninguém.

No meio do quintal, um pouco além da mangueira, havia um tanque redondo. Estava sempre vazio. Só quando chovia muito e as folhas secas se encharcavam e entupiam o ralo, a água tomava conta do tanque.
O lugar preferido para os nossos brinquedos era aquele tanque. Servia de casa, de loja, de escola, de teatro. Servia principalmente para os brinquedos de picula ou de guerra. Entrar no tanque era estar salvo!
Um... dois... três acusado Rodrigo
Um... dois... três visto Roberto
Um... dois... três salvo Caetano.

dona Cleusa

Meus irmãos e muitos amigos queridos são filhos de Dona Cleusa. Filhos de Santo que reverenciam a Mãe, que batem cabeça com respeito esperando a bênção, o axé.
- "Motumbá..." - eles repetem.
- "Motumbaxé..." - ela responde com a imponência que o cargo lhe confere.
Conheci Dona Cleusa como filha de Mãe Menininha, lá do Gantois. Não estava vestida de saia comprida nem usava pano da costa e contas de Candomblé. Era uma senhora numa roupa branca bordada, óculos escuros e um ar de superioridade. Em volta pessoas que se curvavam e diziam palavras que até então eu desconhecia.
Parecia uma pessoa distante, que não ligava o que se passava à sua volta. Um dia em que estávamos numa mesma festa à beira mar, surgiu um arco-íris, o mais bonito que já vi até hoje. O céu pareceu-me um belo presente enfeitado com fitas de cor. Corri para olhar de mais perto e gritei por todas as pessoas para que vissem aquela beleza jogada no céu. Chamei também Dona Cleusa, e as filhas de Santo reclamaram "Não pode, não chame" todas disseram. Insisti, gritei o nome dela. Lembro ainda o olhar assombrado das moças que acompanhavam Dona Cleusa. Ela veio andando lentamente e olhou para o céu.

Começou uma espécie de oração que não entendi. O arco-íris demorou de desaparecer e Dona Cleusa ficou parada por muito tempo, deslumbrada, olhando o firmamento. Depois olhou para mim e disse como se ainda rezasse: que você seja recompensada por ter me chamado para ver o arco-íris...
Quando o sol ia se pondo, fiquei olhando o horizonte e lembrando de Dona Cleusa, do seu pedido.
Creio que alguma cor tem chegado aos meus dias...Tenho sido recompensada com as cores vindas do céu.
Um laço se fez entre Dona Cleusa, o arco-íris e eu. Quando vejo um, lembro dela; quando a vejo, lembro do arco-íris; e, pensando nos dois sinto-me abençoada. Axé.

dona Dinorah

Quando Dona Zinha e Seu Ismael ganharam mais uma filha a notícia se espalhou entre os vizinhos. A menina escolheu pra nascer um lugar chamado Lapa que pertencia ao município de Santo Amaro e hoje, depois que se tornou cidade, passou a chamar-se Amélia Rodrigues, homenageando a poetisa que por lá viveu. De princípio o encontro daquela menina que nascia com a poesia...

A casa de dona Zinha naquele dia, 10 de março, recebeu algumas visitas, entre elas alguns Anjos que também quiseram ver a recém-nascida que recebeu o nome de Dinorah.

Os Anjos levaram presentes dentro de caixas pequeninas. Foram chegando e deixando junto ao berço os presentes. Eram sete Anjos e estavam felizes por participarem da alegria da chegada da menininha. Eles combinaram encher de cor aquela vida que começava... Foram até ao arco-íris e cada um pegou o tom mais bonito do vermelho, alaranjado, amarelo, verde, azul, anil e violeta... Colocaram em caixas pequeninas para serem oferecidas a Dinorah da Costa Oliveira.

Antes de colocarem as cores nas caixinhas eles procuraram dar um pouco de vida terrena a cada cor tirada do céu. Por essa razão saíram andando pela Lapa.

O primeiro Anjo passou pelos quintais e colocou um pedacinho de cada um dentro de uma caixinha que se encheu de verde. O outro foi até uma fonte e de lá levou um punhado da transparência nascida do anil. O Anjo mais sabido foi até a Igreja de Nossa Senhora da Conceição e pegou o azul dos altares. O Anjinho mais alegre entrou nos jardins, de lá tirou o vermelho das flores e colocou dentro da caixa.

O Anjo mais prático correu ao mercado e tirou um pouco do alaranjado das frutas e pôs na caixinha. O Anjinho mais inteligente pegou os raios do sol e a caixa ficou cheia de amarelo. Um Anjo triste correu pela estrada, entrou num caminho de chão batido e pegou toda cor violeta que foi encontrando e botou na caixinha...

Os sete Anjos deixaram as caixas junto ao berço de Dinorah. A vida foi passando e a menina cresceu. Estudando e cuidando dos filhos, da casa, da escola, nem tinha tempo para buscar os seus guardados, os seus brinquedos.

Dona Dinorah não tinha tempo para ela.

Um dia em que alegrias novas empurraram para longe as velhas tristezas ela lembrou dos Anjos e daqueles presentes que eles haviam escondido junto ao seu berço para ela brincar quando crescesse. Abriu as caixas, uma a uma. As cores pularam em suas mãos. O brinquedo começou... Seus olhos não se contentavam com as cores do arco-íris. Eles queriam misturar aqueles tons com as estações coloridas que o ano trazia. Dona Dinorah pegou verões e primaveras e fez arrumações fantásticas com muita luz e perfume... Outonos e invernos ela, num passe de mágica, foi transformando: escuro em claro, triste em alegre, vazios em cheios... Queria clarões da lua e luz de lanternas. Buscou papéis e panos coloridos e aumentou a brincadeira.

Passou a brincar também com as caixinhas vazias e foi jogando dentro delas as cores misturadas que havia recebido como presente dos Anjos. Em tudo se refletindo a beleza, a delicadeza, a harmonia deixada por eles em suas mãos.

Dona Dinorah não para. Cada dia que passa novos brinquedos vão surgindo e encantando a todos.

Porque os Anjos contaram histórias do céu com as caixinhas que deixaram, Dona Dinorah passou a fazer altares e nichos, charolas e tronos para Deus Menino, Nossa Senhora e muitos Santos.

Trabalhando com a arte nascida da sensibilidade, da simplicidade do seu talento, Dona Dinorah se transformou na Artesã dos Anjos que com as caixinhas nos leva a pensar no paraíso...

dona Dapaz

Quando publiquei "Donas" senti que faltaram algumas que sempre estiveram no meu coração. Veio a vontade de escrever o "Donas 2" mas ficou só na vontade.

Sempre pensando naquelas que ficaram em páginas escondidas segui lembrando de fatos, de histórias de cada uma e desejando falar, escrever sobre elas.

Hoje de forma especial lembro de Dona Dapaz. Se estivesse ainda conosco estaria completando 80 anos. Fico imaginando as cadeiras lá na Rua do Amparo formando um semicírculo para a prosa alegre correr solta! Uma festa na porta... Cadeiras e amigos fugindo do calor de março lá da sala onde uma mesa espalha cheiros de comidas e doces divinos.

A festa dos 80 por certo seria como a sua vida toda foi: simples e alegre.

A voz rouca, a gargalhada forte, os comentários inteligentes contariam fatos da sua vida modesta. Os nomes Lourival e Jorginho seriam repetidos mil vezes. Sua vida teve sempre esses dois sentidos, esses dois amores.

Olho da porta da casa de mãe Canô a roda de prosa lá na sua porta. Minha saudade leva-me até lá. Tomo parte na festa da lembrança.

Penso no que seria o 29 de março de hoje se ela estivesse viva: Santa Bárbara arrodeada de flores no seu nicho aberto na parede da sala, fotos das pessoas mais queridas espalhadas por perto, uma vela vermelha brilhante, acesa. Na cozinha as panelas mais bem areadas e brilhantes que já vi guardando sob as tampas a maniçoba, a galinha de molho pardo. Sob as toalhas de prato branquinhas as frigideiras. Muitas frigideiras. A sala ficava vazia. A festa era na porta. As pessoas passando dando "boa noite" e "parabéns". Todos saberiam do seu aniversário. Chego e entro na roda... Olho para o hoje e penso no ontem. Lembro dela e Sr. Portugal na casa lá na estrada nos dando de presente o rio/quintal para passarmos o dia. Muito verde espalhado pelas margens do rio limpo que nos refrescava. O cuidado no olhar meio severo de Dona Dapaz nos dando limites. De suas mãos pedaços de bolo corriam para pratos de louça sobre a toalha bordada e muito bem engomada. A jarra de suco feito com água fresca da moringa virava sobre cada copo para completar a nossa merenda. O dia era uma festa! Quem me levava ao encontro dessa alegria era Eunice, sua sobrinha.
Jorge era muito pequeno e por conta da garganta não ia tomar banho de rio. Nos olhava derramando vontade de já ser grande e fazer tudo o que quisesse, mas era quieto, obediente. Conquistei a amizade de Dona Dapaz através dele. Uma das vezes em que uma gripe forte o pegou, fiquei por perto, contei história do menino que não gostava de remédios e o chamei de meu bem querer. Foi o meu passaporte para o coração de Dona Dapaz. Penso que fiquei por lá para sempre. Lembrava do meu aniversário, seu telefonema era o primeiro, mui-

tas flores do seu quintal da Rua do Amparo eram mandadas para mim. Com a chegada de Caetaninho ela passou para ele o modo de ser delicado oferecendo flores. Guardo com muita alegria a lembrança do dia em que entrando pelo corredor da sua casa Caetaninho correu até o quintal e tirou uma folha de pitanga para me presentear. Folha/flor de carinho que me comoveu.

Lembro de forma muito especial o seu caruru para Santa Bárbara, era um preceito de amor. Faz tempo minhas filhas foram escolhidas para comerem os primeiros pratos. Dona Dapaz só queria moça, virgem que nem tivesse sido beijada!

Uma ausência marca a Rua do Amparo: aquela cadeira calada no corredor.

29 de março de 2009 - 80 anos de Dona Dapaz lembrados com saudade e muito carinho.

Ela é uma das Donas do meu bem querer.

Chica

Que roupa mais branca
que você lavava
que tanto cheirava
a patichuli!
A trouxa bem grande
com dois nós em cima:
cabeça de pano
pousada por cima
de outra cabeça.

O tanque era fundo
a água branquinha
O sabão azulado
com traços mais fortes
e o sol ajudando
a brancura surgir.
Os arames esticados
de uma ponta pra outra
corriam o quintal
e as roupas voando
num balanço dengoso
naquele varal.

Peça por peça
descia da corda
e vinha pra mesa
para se passar.
O carvão bem aceso
esquentava o ferro
tão velho, tão gasto,
que soltava de leve
uma fumaça fininha
quando ele corria
por cima do pano
salpicado de goma
bem fina e bem fria.

O ferro chiava
e na casa pequena
um odor recendia
de roupa limpinha
passada com amor
com cheiro gostoso
de patichuli.

sonho limitado

Amiga,
teus sonhos
têm o tamanho exato
da tua casa, do teu quintal,
da tua bacia de roupa.
Queres
a casa limpa
cheia de filhos
alimentados e sadios.
Queres
plantar alguma coisa
que te dê de volta
flor ou fruto.
Queres
a roupa lavada
cheirando a limpo
bem branca, secando ao sol.
À noite, quando tu dormes,
teus sonhos não vão além.
Sonhas, também dormindo,
com a casa, os filhos, as roupas.
Só, vez por outra, tu sonhas
colhendo em teu quintal
uma flor para enfeitar teu cabelo.

Luzia-Cumcum

Quem anda por Santo Amaro
quer de noite, quer de dia,
no Mercado ou no Trapiche,
certo conhece Luzia.
De dia vive no mangue
está sempre a mariscar
ou vendendo caranguejo
ou sua canoa a lavar
ou a remendar a vela
que o vento por teimosia
assoviando de leve
volta de novo a rasgar.

De noite, em qualquer lugar
aonde há samba e viola
onde se possa esquecer
entre dois goles de pinga
a dor da vida a rolar.
Luzia durante o dia,
mata o tempo a trabalhar
como carpina ou pedreiro
pra sua fome matar.

Antigamente vivia
nas cozinhas dos grã-finos

fazendo pratos gostosos
lavando roupa e passando
e cuidando dos meninos.
Mas que espaço pequeno
pra cabeça de Luzia!
e muito mais que pequenos
eram o fogão e a bacia.
Luzia queria espaço
aberto para dedilhar
a viola que em seu peito
teve lugar pra morar
encaixada nas costelas
que a magrém faz mostrar

E Cumcum, como cigarra,
lá do Trapiche de Baixo
muito magra, muito gasta,
vai cantando sem parar...
É quem mais sabe de chulas
é quem mais sabe tocar.
- Quem te ensinou tanto ritmo,
quem te ensinou esse tom?
e Cumcum cospe a cachaça
que com o riso a engasga
e diz: foi Deus, minha branca
Ele me deu esse dom...

muriçoca

Muriçoca era alto
magro, feio, maltratado
vivia sempre bebendo
falando coisa indecente
e só pensava em mulher.
Não respeitava ninguém
bulia com qualquer moça
que passava em seu caminho.
Não gostava de crianças
porque o seu apelido
era gritado por elas
Muriçoca! Muriçoca!
e uma enxurrada de nomes
saía de sua boca
e escorria em redor.

Muriçoca era engraçado
sabia contar histórias
bem cheias de porcarias.
Era um fino gozador
e não perdia uma festa
e não perdia um enterro

nada queria perder.
Se misturava com os donos
das bodas ou dos velórios
e procurava ajudar
com sua forma gaiata
seu modo doido de ser.

Uma vez em um enterro
na hora em que se fechava
a boca da sepultura
Muriçoca grita forte
esperem, esperem aí
e jogando uma margarida
por cima das outras flores
diz no seu tom de anarquia
causando riso em alguns
causando espanto em outros
- Toma lá seu tira gosto...

Tetezinha

Tetezinha se vestia
de branco com muito esmero.
Usava brincos de prata
e correntões bem compridos
Depois da morte da mãe
Tetezinha foi mudando
esqueceu de mudar roupa
e de alisar os cabelos;
não mais abriu as janelas
pra vender gengibre e coco.
Trancou-se dentro de casa,
trancou-se dentro de si.
Sua casa entristeceu
com a tristeza de Teté
e foi caindo com ela
pouco a pouco, devagar.
O telhado veio ao chão
os vidros todos partiram
assim também o juízo
da pobre tudo virou.
Tetezinha ficou calada
amuada, sem comer;

Um dia, levaram a pobre
como se bicho enjaulado
pra outro canto qualquer
pra consertarem sua casa;
E tudo se fez cuidado:
pintaram porta e janela
puseram água de novo
na torneira do banheiro,
e numa cama novinha
puseram até travesseiro!
Trouxeram Teté de volta
de roupa nova e sapato
e a jogaram ali dentro
daquela casa pintada
que ela não conhecia.
Tetezinha se perdeu
ali dentro de sua casa
como já estava perdida
dentro da sua própria vida.

Serafim-Será

Serafim é preto magro.
Parece, pelos seus traços,
que nunca teve beleza.
Vivia sempre lutando
para ganhar sua vida
pedalando a bicicleta,
pintando paredes, portas,
correndo pra lá, pra cá,
trabalhando sem parar.
Um dia cai do andaime
com a cabeça no chão
e seu juízo lhe foge
e lhe roubam a bicicleta
e roda a sua cabeça
e roda seu próprio ser
e assim fica perdido
sem saber como viver.

Começa a falar nagô
a rezar contra a mofina
sempre de hora marcada
para o mal se afastar.

Serafim canta suas rezas
batendo ramos bem verdes
afastando mau olhado.
Adivinhando o futuro
vai falando, vai cantando
uma ladainha maluca
que sua crença lhe ensina.
E todo mundo acredita:
- esperar segunda-feira
pra duas horas da tarde
um sinal aparecer
e os bons presságios chegarem
com novas de bom viver.

E Serafim vai vivendo
sem ter nada a esperar.
Ganha nova bicicleta
mas não a usa com medo
Continua a correr rua
com suas pernas cansadas
levando sempre o mocó
embatumado de folhas
os olhos fora do mundo
com uma pergunta a girar
na sua alma tão pura
no seu negro e triste olhar:
Serafim... Será... Será?...

besouro

A capoeira de Angola
foi plantada em Santo Amaro
bem junto ao canavial
e doce, que nem açúcar,
nasceu a sua melodia
no arco do berimbau.
Condenada, perseguida,
a dança – luta crescia
onde o negro bem valente
dançando – nada temia!

Nas terras de Santo Amaro,
de dentro da capoeira
de lá do canavial,
nasceu o bravo Besouro.
Besouro! por que esse nome?
será que nasceu do som
que nasce do berimbau
na capoeira vibrante
do berimbau zum zum zum
capoeira mata um?
Besouro voando alto?
capoeira zum zum zum...

Besouro pisando o chão
seu corpo todo se enverga
no jeito do berimbau!
Besouro homem valente
lutando por melhor vida
seu corpo todo vibrando.
Besouro dá a tesoura
coloca as mãos no terreiro
os pés jogados, voando!
Besouro na dança – luta
fica bonito, elegante
- Maior coragem, quem viu?
Fez arruaças no samba
acabou festas brigando
viveu na terra e no rio
andou por terra e por mar
mas na sua capoeira
os passos corriam o ar.

Um dia em Maracangalha
quando dormia numa rede
foi ferido à traição
com uma faca de bambu
que o seu ventre atravessa
e o socorro retarda
mas a morte vem depressa
aplica-lhe "um rabo de arraia"
não o deixa mais dançar...

Alguém procura saber:
- Quem te causou este mal?
E Besouro respondeu
naquele jeito tão seu:
- Não sei... não tenho inimigos...
foi a vontade de Deus.

João Soldado

João Soldado morava
lá no Trapiche de Baixo
e trabalhava na lancha
que ia pra o Aprendizado
- Escola Agrícola famosa
que existiu em Santo Amaro.
João Soldado era forte
e nadava como um peixe
e era uma segurança
nas travessias, nos dias
de muito vento e mar forte.
Ele tinha muitos filhos
e trabalhava pra eles
com um amor incomum...
Chovesse ou fizesse sol
João vivia a trabalhar
se tinha maré - ia de lancha
se não tinha, ia de canoa
pelo rio a deslizar...
Um dia, lá em São Bento
onde a Escola ficava,
aconteceu um acidente

na lancha que ao mar largava;
houve grito, houve pânico
por todos que viajavam.
Naquele dia João
se encontrava de folga
mas corre pra socorrer
vai salvando um por um
sem pensar em sua vida
sem ter medo de morrer.
Dá-se então a explosão
e voam do mar para o céu
pedaços de barco em chama
nas labaredas... João!
Gritam em volta por seu nome
mas não se houve a resposta;
só nas ondas ria a morte
querendo levar João.
E João que salvara vidas
que amava saber viver
foi-se embora de seu mar
de sua terra, de seu rio
deixando só de herança
pra seus filhos "bem querer"
um nome que é uma glória:
João, "Soldado do Dever".

menino do mar

Era uma vez um menino
nascido bem junto do mar.
O pai era magro e alto
e só vivia a pescar.
A mãe baixinha, acanhada,
era mãe o dia inteiro
e pela noite que entrava
lavava, cosia, cozia, passava.

O menino crescia magrinho e calado,
mistura perfeita do pai e da mãe.
Pegava piabas, corria na praia,
dormia bem cedo pra cedo acordar.
Seus olhos sabiam que havia arco-íris
mas ele só via as cores do mar.

Sabia histórias de barcos distantes
e cantos falando de ondas e velas,
sonhava com horas de maré cheia
e nesses sonhos, sozinho, navegava,
corria cidades com luzes acesas,
com carros correndo num chão sem areia,

olhava vitrines com bolas lisinhas,
sem panos por fora, sem trapos, sem linhas.

O menino corria em cima de trens,
ouvia apitos de sons tão diversos
daquele vai-e-vem das ondas do mar
e, quando acordava, corria até a praia,
buscando seu sonho ali realizar.
Mas a maré baixava de novo
e fazia o menino na areia ancorar
sua vida pequena naquela cabana,
comendo só peixe e olhando pro mar...

menino das palafitas

Menino das palafitas
que não tem casa assentada
a sua casa balança
em cima d'água parada.
Você não tem nem um colo
onde você cochilar
a barriga de sua mãe
está sempre muito cheia
de um irmão que vai chegar!
Você não pode passar
pelas pontes, carregado;
sua mãe leva nos braços
sacos de restos achados.
Sua mãe é como coelha
que pare sem se dar conta
e como a coelha prepara
o seu ninho com a pele
para você se deitar.
Você precisa saber
que há escolas, oficinas
e que a vida lá fora
é das crianças grã-finas.

Até o mar do outro lado
é de um azul mais azul!
Menino tenha cuidado
com o outro mundo de lá,
pois todo mal que aconteça
por certo vão lhe culpar.

fa minto menor

Menino buchudo
de olhos compridos
de pernas bem finas
cabelos em pé,
me conte sua vida
quais são seus brinquedos
quais são os seus medos
venha cá me dizer.

Bem sei, estampada
está sua fome;
está sua vontade de carne comer.
Mas só tem farinha
e um punhado de sal.
O sol queimou tudo
o que era certo
sua fome matar,

O sol, que tão belo,
alegra os caminhos,
torrou sem cuidado
rachou o seu chão.

Pisou no seu verde,
secou seu riacho,
tangeu-o pela estrada
e trouxe pra cá.

Seus olhos estão tristes
seu pai foi embora,
sua mãe também chora
querendo voltar.

Você se esconde
atrás dos segredos
nem bola de meia
você joga mais.

Castanhas bem secas
formavam boiadas
que eram levadas
por linda canção.
Mas tudo está longe:
o banho no riacho,
o campo de bola,
o curral da ilusão.
Você está aí,
tristinho, tão magro,
sem pão, sem brinquedo,
sentado no chão.

crianças do Maciel

Crianças do Maciel
criadas sem ver o mar
criadas sem olhar o céu

Vivem cercadas de casas
com escadas e salões
proibidos aos seus pés,
a seus sonhos e ilusões

Crianças do Maciel
que só conhecem o amor
que se faz em uma cama

Que têm medo da Polícia
que somente enxerga nelas
um punhado de malícia

Crianças do Maciel
que correm pelas ladeiras
com folias, brincadeiras

Meninos do Maciel
tão pequeninos, tão tristes
vivem sofrendo opressão

Será que o Centro Histórico
deixou de ter coração?

sem lápis de cor

Nasceu bonitinho,
a mãe o embalou;
O pai foi embora,
a mãe o criou.

A roupa lavada
das casas dos ricos,
ainda pequeno,
levava a brincar.
A trouxa crescia
conforme seus braços
mais finos ou fortes
pudessem aguentar.

Passou pela escola
um tempo bem curto
pois lá na oficina
ganhou pra aprender.
Os lápis de cores
que tanto gostava
por chaves de fenda
bem cedo trocou.

O jogo de bola
na frente das casas
ficou proibido:
vidraça quebrada.
Seu espaço era curto
seu mundo vazio;

O menino tristonho
deixou de brincar.
Os amigos malandros,
maiores que ele,
ensinam-lhe um jogo:
roubar pra ganhar.
O menino bonzinho
escondeu-se no homem
que a vida tirana
transforma em ladrão.

E dentro da cela
o pobre coitado
recorda a Escola
com amarga saudade;
E sente a vontade
coberta de dor:
de ainda brincar
com lápis de cor.

bancos

A ninguém pode deixar de interessar
os olhos de uma mulher
que procura o filho
que brincando numa praça se escondeu
atrás de um banco.

A ninguém pode deixar de atormentar
os olhos de uma mulher
que procura o filho
que fugindo, numa praça se escondeu
por assaltar um banco.

A ninguém pode deixar de comover
os olhos de uma mulher
que encontra o filho
no fundo de uma cela, arrependido,
sentado num banco.

virou Maria vira-lata

Aquela pobre mulher
que dizem já foi bonita
morava até em sobrado
e tinha vestido de fita
é agora um trapo humano
arrodeada de cães
a quem agrada e entrega
seu carinho, sua ração.

Nos passos de ida e volta
de um lado para o outro
os cães a seguem e farejam
como a um pedaço de osso.
A noite, o corpo cansado
vai procurar um repouso;
e o cobertor que encontra
é o pelo dos seus cachorros.

o sonhador

Sonhou que o mundo era um campo
um grande campo: - um estádio!
Cada homem era uma bola,
cada destino era um jogo,
e Deus Supremo - o juiz.

Veste a camisa amarela
de listras verdes bem largas
e também põe-se a jogar
com a esperança crescente
de se tornar ganhador.

Correu de um lado pra o outro
fez dribles quase impossíveis
tentando sempre avançar...
chutou para o alto, pra frente
caiu-ergueu-se... feriu-se.
A trave que perseguia
se fechava... até sumia
na hora de fazer gol
e no campo que crescia
a arquibancada... esvazia!

O jogador derrotado
se curva na grama seca
onde tentou ser feliz...
- aonde errei? s'interroga
e olha para o Juiz.

o jogador

Ele põe na Loteca
toda esperança
que cresce na fila
pra os pontos marcar.

No fim da semana
toda esperança
nos pontos marcados
em cada placar.

No dia seguinte
toda esperança
rolou como bola
sem o gol marcar.

Na noite sozinho
já sem esperança,
engole a derrota
e se põe a chutar...

bola rasgada

O menino magrinho
não tem um quintal;
sua casa é um quarto
sua rua é um charco.
Na escola, por sorte,
ganhou uma bola
listrada, bonita,
cheinha de cor.

O menino feliz
tirou a camisa
juntou uma turma
pra um baba jogar.
O gol mais bonito
ele fez nesse dia
lavando o seu corpo
de tanta alegria.

O menino suado
correu para casa
a bola agarrada
ao corpo feliz!
O banho ligeiro
e a bola grudada
os dois já limpinhos

vão logo deitar.

Os sonhos mais doces
sonhou nessa noite
e logo bem cedo
dispara a correr.
Queria um espaço
jogar alegria
que em seu barraco
ali... não cabia.

Atira bem alto
sua bola listrada
e corre e se joga
pra bola pegar...
e chuta pra um lado
e chuta pra o outro
nem vê que o guarda
vem bem devagar...

Calado o malvado
apanha a sua bola
e corta-a no meio
sem ter compaixão.
E o menino derrama
a dor mais doída
porque foi cortado
o seu coração.

de mãos dadas por um fio

Era uma vez um menino
que tinha muitos brinquedos:
bolas, patins, trens elétricos,
auto-pista, soldadinhos...
jogos de todos os tipos!
Tinha robôs, tinha palhaços,
bicicletas, cavalinhos.
Vivia cercado de coisas
que corriam e buzinavam
que piscavam indo e vindo
como carros de verdade!

Mas o menino tão rico
vivia só, coitadinho.

Ficava olhando parado
o vai e vem do trenzinho
o urso em cambalhota
o robô que ali passava.
E dentro daquele quarto
foi cansando dos brinquedos
foi ficando caladinho

como um brinquedo quebrado.
Um dia de sol s'espreguiça
e debruçou na janela.
Lá na esquina aparece
outro menino gordinho
de *short* verde rasgado
e camiseta amarela.
Vinha correndo na rua
puxando por uma linha
e olhava para o alto...
Na ponta da linha dançava
uma arraia que subia,
descia, rodopiava...
tornava a subir... caía.

E da janela, o menino
olhava também pra ela
e faz então uma cousa
que antes nunca fizera:
Rompe o cerco e diz ao outro:
- me deixa brincar com ela!
e logo recebe rindo
o bolo sujo de linha
e faz jogo com a arraia
que gira solta no ar
enquanto isso o Gordinho
se senta pra descansar,
tira do bolso uma fieira
e faz o pião roncar.

Torna o menino a pedir:
- me empresta agora o pião;
e se põem os dois a brincar
na troca dos dois cordões.

Se o tempo passou?
- quem sabe?
Lá fora ninguém notou.
Mas lá no quarto das pilhas
o trem cansado parou,
o carro virou batendo
de frente contra o robô!
E tudo ficou parado.
Na calçada, indiferente
o tempo gira o pião...
enquanto os dois já suados
brincam descalços no chão.

O sobrado foi vendido. Mudamos de casa.

Um dia cortaram a mangueira. Levaram o tronco e as folhas num caminhão. As raízes ficaram em mim.

Andei, daí pra frente, por muitos quintais e varandas, mas já sem saber brincar.

Os olhos da velha casa, janelas abertas para a vida, ficaram lá. Nos dias de chuva quando escorrem gotas nas vidraças, eu penso que são lágrimas de saudade.

Os corredores enormes, suas veias, onde corria a vida, continuam guardando as histórias da gente.

Por que os corredores cresciam quando a noite chegava?

nós

ladainha do Brasil

"Dai-nos a bênção, ó Mãe querida
 Nossa Senhora Aparecida"

Nossa Senhora, Nossa Maria
com poesia quero rezar
pedindo muito pelo Brasil
escuta a prece que faço aqui
pois tudo é Teu Doce Maria
só a Senhora pode ajudar.
Olha o mundo que anda triste
com tanta guerra e violência
olhai o povo que caminhando
pede e espera a Tua clemência.
Nossa Senhora Aparecida
Olhai o Brasil, guarda-o
No Teu agrado, no Teu carinho
proteja a Terra inteira
proteja cada caminho.
Maria de todos nós,
de todos os nossos dias,
Maria das tempestades,
Maria das calmarias,

Maria das caravelas
vindas de Portugal
cuida da nossa Terra
livra-nos de todo mal.
Maria do Amazonas, do São Francisco
dos rios todos que molham
as terras deste Brasil
Maria do mar bonito
cheio de anil e brilho
Maria de cada praia,
de cada estrada ou trilho
Maria de Paulo Afonso,
Maria das Sete Quedas
e de tantas cachoeiras
que cantam em nossa Terra.
Maria das grandes pontes
de Recife e Niterói
e também das pequeninas
pinguelas de todos nós,
Maria de túneis e ruas,
de praças e avenidas,
de viadutos e becos,
dos portos, do cais, do mangue.
Maria do chão batido
da terra seca, rachada,
Maria do nosso sangue
Senhora da Alvorada,
Senhora de toda noite

e de toda madrugada.
Maria do céu cinzento
e do azul do firmamento.
Maria do Pantanal
com aves bem coloridas
do voo do Tuiuiú,
do canto do Irapuru,
do grito do Carcará
e da voz do Sabiá...
Maria de tantas cores
espalhadas pelas flores
no Litoral, no Serrado
Maria de Bem-me-quer
das rosas, Mimo do Céu,
das Hortências, Margaridas,
Vitória-Régia, Jasmim,
Maria de toda árvore
da grama verde e capim.
Maria de tantos frutos
cheios de doce sabor,
Maria da terra fértil,
Maria do nosso amor.
Maria dos vencedores,
Maria dos derrotados
na vida e no futebol.
Maria da alegria, da vitória
dos babas em dia de sol.
Maria do Fla x Flu, Ba x Vi,

Pacaembu, Fonte Nova, Beira-Rio
Maracanã, Morumbi.
Maria de tanta fila
de tanta falta e vazio,
Maria do nosso frio,
da geada, da garoa,
Maria da trovoada, do raio, do arco-íris.
Maria dos bancos cheios
e dos mínimos salários,
Maria de gente simples,
dos doutores, dos profetas,
dos cantores, dos atores, dos poetas.
Maria das Igrejas
dos sobrados com azulejos,
dos engenhos, das senzalas,
dos enterros e das festas.
Maria da lágrima, do riso
Maria de quem preciso
para chorar e sorrir
Maria do verbo amar
do bem querer, do servir
Maria de Aleijadinho
e do Mestre Vitalino
do barroco, das carrancas,
do barro, das esculturas.
Maria das cirandeiras,
das rendeiras, cozinheiras,
dos vaqueiros, pescadores,

do chofer de caminhão,
do piloto, marinheiro,
do rico, do sem tostão.
Maria de cada casa,
Maria de cada mesa
onde nem sempre tem pão.
Maria da Candelária
da dor de cada Cidade,
da fumaça e da poluição.
Maria dos Três Poderes
e de tantos desvalidos,
Maria da nossa ajuda
Maria de tanta crença
e de muita esperança
de um povo cheio de fé
que espera benção e axé.
Maria de um povo bamba
que na Escola de Samba
esquece o Real o Dólar,
e brinca de ser feliz.
Maria do povo forte
que corre Sul a Norte
buscando paz e prazer
sem medo de se perder.
Maria de cada homem
de todas as Marias,
da garota de Ipanema
da mulata da Bahia,

das raças todas unidas
buscando vida melhor,
uma vida mais serena...
Maria do frevo, do samba,
maracatu, do balé,
do congado, das cirandas,
do forró, do arrasta-pé.
Maria do povo alegre
que canta e dança com fé.
Dos museus e dos conventos,
das festas religiosas,
das romarias à Penha,
do Círio de Nazaré,
das procissões pelas águas,
da lavagem do Bonfim,
Maria Mãe do Rosário,
Maria da Conceição,
Maria do chimarrão,
do açaí, da cajuína,
do café, do chocolate,
do caldo de cana doce,
do melaço, do quentão,
da ginga com tapioca,
da farinha com feijão.
Maria das praias, da caatinga,
das dunas e das piscinas,
dos mangues e das restingas,
dos morros, das palafitas,

das colinas e arranha-céu,
Maria lá da favela,
Maria lá da mansão,
Maria do Corcovado,
Maria do Pão de Açúcar,
Maria do coração.
Maria do sempre, do agora
do ontem, do amanhã.
Maria da melodia,
do ritmo, da harmonia,
do piano, do pandeiro,
do violão seresteiro.
Maria de cada palco
e de todo picadeiro.
Maria de todo brilho
dos artistas da TV.
Maria do ABC,
dos livros que estudei,
daqueles que sabem ler
e de cada analfabeto
que nem conhece a história
do sapo que virou rei...
Maria das livrarias,
da internet, do avanço,
do passado e do presente,
da saudade e da alegria.
Vem ó Doce Maria!
Olha o índio sem a taba

sem a tribo, sem amor.
Olha o negro injustiçado
mesmo sendo libertado
vive ainda acorrentado
sem trabalho, um sofredor.
Olha cada criança
cantando roda com medo,
sem boneca, sem brinquedo
temendo a vida, o amanhã.
Olha o velho sem amparo
nas filas da vida vã...
Olha cada um de nós!
Sede Mãe de cada filho!
Venha nos bote no colo,
Cante canção pra embalar
um futuro mais bonito.
Ensina-nos a amar
cada homem como irmão
e que possamos em breve
viver com a paz no coração. Amém.

semente

A poesia que escrevo
nasce dentro da tristeza
que nasce dentro de mim
toda ela lhe pertence
pois se nasce da semente
que você plantou em mim...

à Lua

Deus vos salve
lua nova
minha lua bonitinha
faça com que
eu consiga
tornar-me
outra vez
novinha.
Deus vos salve
ó crescente
lua boa
e tão bonita
ajuda-me a conseguir
uma vida de prazer.
Deus vos salve
lua cheia
lua brilhante
lua forte
não me deixe
minguar tanto
vem clarear
minha sorte.

?

Como num momento
pode nascer
um amor eterno?

mortalhas e confetes, 1987

Nós tínhamos tudo para sermos felizes, mas ele não suportava a minha alegria. Todos achavam meu riso bonito, minha gargalhada gostosa. Menos ele.
Ele reclamava. Dizia que viver rindo era sinal de burrice. Repetia que gostava de mim, mas não admitia minha alegria. Pode uma coisa dessas?
O tempo foi passando, e o pior acontecendo: ele conseguiu me fazer triste. O jeito bom que eu tinha de olhar o mundo ele fez desaparecer. Meu amor por ele era tanto, que eu não me dei conta de que estava ficando sem graça, triste. Os dias passaram a ser todos iguais. Por mais brilho que o sol mandasse, meu dia era sempre sombrio. Meu riso fez-me falta. Perdi a vontade de sair, de ir ao cinema, à praia. Que adiantava? Ele calado, a me vigiar. O meu amor que era tão bonito, tão vibrante foi ficando sisudo, sem vivacidade. Nossos passeios foram diminuindo, e a aliança do noivado feliz começou a pesar no meu dedo. Cada dia eu me fechava mais para que ele me achasse boa...
Hoje ele ligou dizendo que está gripado e não vai sair. Uma gripe impedir de sair um pouco, num Carnaval tão alegre? Insisti. Não adiantou.
Minhas colegas passaram animadas nas mortalhas colori-

das. Tinha uma sobrando, podiam passar para mim. Minha alegria trouxe de volta uma coragem que eu havia perdido. Em dois tempos, eu já fazia parte do grupo que descia a Rua do Paraíso. Pediria desculpas depois, não consegui dizer não às meninas... O resto do grupo nos aguardava na Praça da Piedade.

Ao passar no Relógio de São Pedro meu noivo está lá! A gripe era uma vizinha dele que, agarrada ao seu pescoço, fazia gracinhas. Comecei a tremer. Foi o susto e o medo de ser vista. Minhas amigas, assustadas, tentavam disfarçar. Minhas pernas pareciam presas ao chão. Meu coração disparou. Olhei outra vez o casalzinho. Riam alto, gargalhavam! Pensei em meu riso tanto tempo reprimido. Respirei fundo. O som do Trio de Luis Caldas começou a encher a Rua. Voltei para ver de perto os namorados...A alegria tomou minha mão. Dei uma gargalhada das minhas velhas gargalhadas e saí atrás do Trio. Descontei os anos que não brinquei e não sorri. "Pintei e bordei" na Avenida.

Na quarta-feira devolvi a aliança, feliz da vida contei pra ele que meu amor virara cinza...

posse

Você me esquece
de todo

pouco importa

pois eu o tenho
pra sempre.

troca

Trocaria com prazer
tudo que me resta
pra não te ver sofrer

daria com alegria
o que me resta de vida
pra ver feliz o teu dia.

problema

Se você me quisesse
um pouco mais
e eu lhe quisesse
um pouco menos
poderíamos formar
um problema bem menor
e encontrar a solução

erro

Eu não te soube amar
como devia
eu me dei toda

me esqueci de mim.

falta açúcar

Falta açúcar aqui na mesa
escuto a reclamação
correndo volto a repor.
Falta doçura entre nós
vivo sempre a reclamar
não sei onde se vende amor...

prece

Ajudem-me a encontrar uma luz
Um raio de sol
Ainda que seja o último do dia
Uma réstia
Ainda que seja a mais tênue, a mais fria
Uma vela pequenina
Ainda que lance uma luz de agonia.
Ajudem-me a encontrar
Um farol, um lume ...
Ou mesmo o piscar de um vagalume.

natal de solidão, 1978

Desconfiei que você estava com outra quando os presentes começaram a chegar. Primeiro foram as flores que chegaram murchas pelo tempo que ficaram esquecidas no carro. Depois um milho cozido, difícil nesta época, que me chegou gelado. Agora uma correntinha de ouro com medalha e tudo! Por que tantas lembranças?
Por que a necessidade de parecer bonzinho? Por que esse ataque de fingido carinho? Os presentes são pagamentos pelas horas de atraso? São cachês de tapeação?
É um caso novo que você arranjou. Entendi tudo, e as provas foram chegando. Chorei como não pensei que ainda pudesse chorar. A cara inchou, os olhos ficaram tão vermelhos, que nem pude ir à Missa do Galo.
Quando o dia amanheceu, você veio com outras caixas amarradas com fitas coloridas. Uma dor cresceu em mim e me amarrou com laço de fita sem cor. O cheiro de folha de pitanga ainda se espalha pela casa, mas o seu cheiro de bebida invade o nosso quarto e me enoja. Nem quero ver o que as caixas trazem. Entreguei todas na casa defronte. O riso das crianças pulou a cerca e me acompanhou até em casa. As caixas de tristeza se transformaram em alegria naquela sala simples sem bolas de Natal. Deixei lá os

presentes/ pagamentos.

Voltei com cajus que foram os meus reais presentes. Doces presentes tirados no quintal para servirem de agrado para um coração sofrido.

Papai Noel perfumou minhas mãos, minha casa, meu Natal com o cheiro carinhoso de caju. Amanhã ainda terei as castanhas...

Carinho verdadeiro é assim. Passa o tempo, ele volta em forma de novo gesto, novo cheiro.

Traição em qualquer tempo fede.

Detesto traição. Por causa dela saí de Santo Amaro.
Detesto traição. Por causa dela voltei para a rua comprida que aparecia em meus sonhos.
Voltei só.
As casas, quando cheguei, estavam cheias de lama. O rio tinha pulado o cais, as pontes, as margens. Invadiu todas as ruas, todas as casas.
Voltei. A primeira coisa que fiz foi chorar. Chorar forte. Chorar de novo como na hora que Minha Mãe me pariu.
Mesmo tendo em volta a água barrenta eu nascia de novo.
Uma vida nova me espera.

doces mentiras

Se eu pudesse te ver
por um momento
ouvir de novo
todas as mentiras
eu ficaria outra vez
feliz.

Tomei raiva
das verdades.

distância

A minha cama cresce
depois da separação
parece que agora existe
entre nós dois a distância
que separa o céu do chão.

Diga trinta e três...
Mais uma vez...
Diga sem medo:
Trinta e três...trinta e três...
Era uma vez...
Nós dois juntinhos
O que se fez?
Meu coração não resistiu
Você partiu
Partiu meu peito
Não tem doutor
Que dê jeito...
Trinta e três...
Trinta e três...
Não tem mais vez...

tuas mãos

As tuas mãos
me cativaram
e eram asas
leves, soltas, belas
me enlevaram
me acariciaram
voei com elas.
As tuas mãos
antes tão soltas
deixam-se presa
triste no chão
as tuas mãos
bateram asas
deixando penas
em minhas mãos.

Tenho medo de voar, medo do homem que voa, dos bichos que voam. O medo maior é do tempo que voa. Voa levando tudo, deixando o vazio que se enche de novos medos.
Não aprendi a voar. Com tantas penas em mim, de mim, não criei asas. Sempre encontro casulos. Não sei rasgá-los.

cidade do interior, 1980

Se eu morasse numa Cidade grande, ia dar um jeito em minha vida – eu pensava. Ia dar um jeito bem dado. Mas aqui neste "cu do mundo", fico presa entre quatro paredes. Com medo e nojo. Medo do amanhã, nojo de tudo o que tenho vivido.

Você acha que só vivo presa por trás das portas e janelas que você tranca e sai? Está enganado. Vivo muito mais presa dentro de mim mesma, dentro da mania de ser certinha, da maluquice que fiz deixando meu trabalho.

Você me obrigou, e eu, pior que você, obedeci.

Agora estou acordando do pesadelo. Quando abri os olhos hoje, no primeiro bocejo, olhei o mundo de uma forma estreita, como quem olha por uma fresta. O sol estava lá fora, a luz estava lá fora, chamando-me para a vida. Isso aqui dentro não é vida! Vou sair desse casulo em que você me enrolou. Vou dar meu voo.

Vou voltar para o meu trabalho, vou lidar com os doentes assumidos, que deitam na cama e pedem remédios e cuidados. Vou outra vez vestir a "farda de boazinha", como você ironiza.

Vou tornar-me boazinha para mim, antes de ser boa para qualquer outra pessoa. Basta de sofrimento, de prisão. Já fui.

O canavial flechado

Enfeita toda paisagem

Meu coração flechado pela saudade

Tira de mim toda graça

Que vejo na paisagem

paisagem

A chuva cai de mansinho
e molha todo o caminho
por onde vamos passar

A terra toda molhada
prepara trilha marcada
por onde vamos passar

A cabeleira das árvores
salpica parte da estrada
por onde vamos passar

A chuva a terra a ramagem
eu e você na paisagem
podemos sempre ficar.

Passeavam por toda casa, especialmente pelos corredores, dramas pessoais. Assim, como se o nosso sobrado fosse um grande palco e cada um dos seus moradores representasse ali o seu papel.

A cada dia as cenas se repetiam e em minha cabeça caminhavam como um drama representado nos Bailes Pastoris ou nas festas do Convento.

Cenas mudas como botar a mesa, catar arroz, arear talheres, acender o fogo de carvão com pedaços de casca de laranja secos, olhar o leite ferver, a espera quieta para ele não derramar...

Aquela rotina me dava a ideia de um filme mudo.

O cheiro da casca da laranja subindo em fumaça chamava a minha atenção e eu sabia que a vida em nossa casa era simples e perfumada.

de onde vim

Para meu irmão Bob

Eu vim de um lugar onde o rio
corre manso
e não sabe porquê.

Eu vim de um lugar onde pedras
derretem
e não sabem porquê.

Eu vim desse rio
eu vim dessas pedras
e não sei porquê.

Pessoas queridas são lembradas nos versos cantados com alegria.
Evocar um nome ou outro é a forma de trazer pra perto quem está longe.
Repito o nome de Bob com uma saudade doce derramando no meu coração. É doce lembrar quem não esquece da gente...
E se eu fosse chamar todas as pessoas queridas que estão longe? A noite seria pequena. A madrugada chegaria e ficaria fria e calma escutando nomes orvalhados de saudade. Um nome por certo engasgado não seria dito.
Ia ficar dançando na lembrança de um Terno com todas as lanterna apagadas...

noite de Reis, 1979

Quando os Ternos passaram aqui na porta, todas as lanternas do meu coração se apagaram para você. Nos cânticos tanta alegria! As meninas, tão bonitas, nos trajes de pastoras e ciganas... Costurei todas as roupas com tanto gosto! Você prometeu vir cedo para irmos acompanhar. Nem sei por que ainda acredito. Esperei até passar o último Terno. As casas todas foram se fechando, o povo indo atrás. Só a janela de nossa casa continuou aberta. As lanternas de papel crepom que fiz para enfeitar a fachada continuaram inocentemente brilhando, balançando lentamente, no ritmo da música que se espalhou pela rua.
O primeiro Terno, por certo, já estava chegando à Praça quando tirei os enfeites da porta. Entrei novamente para olhar outra vez a casa vazia de carinho. O tempo trouxe de volta muitas lembranças boas de outras festas dos Três Reis... Você o Rei Mulato, eu a cigana mais bonita... As lembranças me fizeram rir. Cantarolei alguns versos dos velhos Ternos e senti uma coisa boa por dentro. Vesti meu vestido novo, lembrei do batom, esqueci de você. Vou dar uma volta na Praça.

Abençoadas as portas escolhidas para receber o Terno de Rei.

A porta lá de casa sempre escolhida. Vaidosa a porta lá de casa. Sempre pronta a receber, a bem receber.

Engraçado como as coisas, os objetos da casa da gente, tomam o jeito dos seus donos. Meu pai e minha mãe sempre dispostos, sempre receptivos, sempre ligados pelo carinho e distribuindo carinho.

A Rua do Amparo era cheia de árvores que infelizmente cortaram.

Uma noite de Rei as lanternas arrodearam a árvore que ficava bem lá na porta. Cantamos alguns versos rodando em volta do tronco.

Foi naquela noite que descobri, com meus sonhos meninos, que as árvores sorriem.

Tempos depois, quando as cortaram, descobri que elas choram.

meu amor

Meu amor foi uma criança
bonita forte feliz
brincava na minha cama
corria pelo jardim
não tinha medo de nada
e chorava simplesmente
por ter saudade de mim.

Meu amor virou um homem
bonito forte feliz
brincava na minha cama
andava pelos jardins
só tinha medo dos jogos
em que ficava sozinho
sentindo falta de mim.

Meu amor virou um velho
feio fraco e infeliz
já não vem à minha cama
se arrasta pela calçada
e tem medo do jardim
já não sorri já não chora
já não se lembra de mim.

festa de São João, fumaça e frio de 1978

Quando as brasas da fogueira começaram a apagar, foi que você chegou para a festa. Já estávamos retirando os pratos vazios da mesa. Já vazia de esperança ia lavar os pratos quando ouvi sua voz. Os meninos já dormiam tristes, porque os fogos que você foi buscar não chegaram. Não esperei por você com a ansiedade de sempre. Só esperei os fogos para as crianças.
Sem desculpas, você foi chegando como se nunca houvesse saído...
Fiquei feliz quando notei sua cara amarrada por me encontrar de vestido novo, flor no cabelo e alguns licores na minha alegria. Você não suporta minha alegria!!!
Aquela que ia dormir cedo, chorando, amargurada, subiu com o balão. Queimou! Acabou!
Pode voltar para a sua "quadrilha". Do meu milho você não vai achar nem o capuco.
A fogueira da porta apagou. A fogueira do meu amor também. Pra você nem cinza...

a noite

Faz frio e estou só.
Temo a doença.
Penso em casos que ouvi
de noites de frio
lareiras acesas.

Existem lareiras?
Quem falou em calor?

O fogo apagou.
A noite continua
sombria e mais fria.

Meu coração bate mais nas madrugadas
Todos dormem, ele fica à vontade
Dispara... para... ninguém repara...

Meu coração brinca mais quando amanhece
Se espreguiça, canta, ri, olha o quintal
Espera dia melhor, reza uma prece

Meu coração sofre mais quando anoitece
Ele cisma, sonha, escreve versos, chora...
É quando mais lembra quem o esquece

noite de seresta, 1970

Quando soube que você estava apaixonado por ela, quase morri. Senti faltar o chão! Penso que, se as crianças não tivessem entrado naquela hora pedindo merenda, pedindo isso e aquilo, eu teria morrido mesmo. A voz delas me trouxe de volta... A vida que demos a elas estava ali precisando de mim. Você arrumando as malas para ir embora, eu desarrumando a minha vida...
O rádio que cantava o dia todo para mim também ajudou na traição. Foi seu cúmplice, seu aliado. Agora você vai e vou desligar o meu outro companheiro. Tenho medo de ouvir a voz dela nas canções alheias fazendo convites a homens alheios.
Você atendeu ao convite e se vai agora. Minha tristeza está perdendo a dimensão, mas está me dando a certeza de que fechei os olhos e tapei os ouvidos, desliguei todos os meus sentidos. Nem tudo acabou. Fica uma saudade cantando lembranças...
Foi muito de repente, inesperado demais, por isso estou perdida, mas as crianças continuam correndo pelos corredores, e as bolas espalhadas pela sala fazem-me dar chutes e ir jogando a vida pra frente.

submisso desejo

Curvo-me diante
do seu silêncio e descaso.
Transformo todo o meu desejo
em espera

festa das Candeias, 1980

Quando o trem apitou, meu coração me disse que você não viria hoje. Senti um aperto esquisito que sempre me dá quando você está me aprontando mais uma. Nem foi preciso a noite seguir, cedo eu já sabia, adivinhei que você não viria.
Na Igreja, nem acertei a rezar. Ouvi o povo cantando ladainhas e não respondi porque o coração estava longe.
Já é outro dia, e minha cabeça molhada com água dos Milagres está fortalecendo meu corpo. Estou segura e confiante, livre de você.
Suas ameaças deixaram de fazer efeito. Os meninos já sabem o que querem e pedem sempre para nós irmos embora. Chegou a hora.
Milagres acontecem... Tomei vergonha. Já fui.

Quando eu era menina, pensava em Nossa Senhora da Purificação, em Nossa Senhora da Candeias, as duas... Uma só, ligadas por um laço de nuvem num céu azul... Eu nem sabia rezar, mas sabia pedir. O que eu mais pedia era para as festas de fevereiro chegarem logo. Eu ficava muito feliz quando as festas de fevereiro chegavam.

**Eu trabalho o ano inteiro
na Estiva de São Paulo
só pra passar fevereiro
em Santo Amaro...**

A estiva de São Paulo... pertinho de Candeias, pertinho de Santo Amaro. São Paulo não era a Cidade Grande de que se falava. São Paulo, no samba, era o porto adocicado pelo açúcar das terras do massapé. Hoje, a Estiva dança em nossa lembrança, dando doçura à saudade daquele tempo da riqueza dos engenhos.
Hoje, entre Candeias e Madre Deus, está São Paulinho... pedaço do ontem...
As festas das Candeias, as festas da Purificação... reza, ladainha, promessas a pagar, velas acesas de carinho... O tempo correu. A devoção continua brilhando em nossos corações, que oferecem flores, terços, ex-votos.

covardia
Aos corajosos.

A minha mão ensaiou um gesto de carinho
mas a covardia cortou o seu caminho.
Ficou no ar aquele agrado solto
e, em mim, a vontade presa.

coragem

Aos covardes.

Vem, coragem, toma-me a mão
leva-me ao meu amor.
Hoje eu quero um prazer
tantas vezes desejado!
quero beijos, quero afagos,
ouvir meu nome entre agrados
sentir que todo meu corpo
tem uma razão de ser.
Quero que a noite caia
e uma frieza me toque
e que ele me esquente toda
com seu calor que é tão forte.

Eu quero amar com loucura
quero sua boca na minha
os meus pés sob os seus pés
e entre nós o universo
molhado de tinta azul...
Quero meus olhos abertos
os meus cabelos em seus dedos
o meu desejo coberto
de sua fome e desejo.

Quero sentir o seu cheiro
misturado com o meu
e depois dormir ligeiro
no seu ombro travesseiro
desse prazer que é tão meu.

vida

Meus desejos
estão acesos
meu corpo
acordado
meu amor
renascido
minha vida
quer vida

lua cheia

Para Déa Marcia

Vou sair de noite
pois tem lua cheia
Vou sem companhia
pois estou sem medo
pois a lua é cheia!

Vou olhar o Dique
todo prateado...
vou sentir o orvalho
nascer e brilhar
pois a lua é cheia

Vou cantarolar
uma canção antiga...
Vou sonhar venturas
que nunca vivi
pois a lua é cheia
Vou correr na grama
tirar o sapato
vou gritar bem alto:
quero ser feliz
pois a lua é cheia.

Se alguém me vir
e pensar besteira
darei a desculpa
que fiquei maluca
pois a lua é cheia!

anoitecendo

A rua estreita vai fazendo curvas
e as casas todas com batentes altos
abrem as janelas pra olhar em frente.
Pelos passeios espalham-se cadeiras
e as conversas pela noite adentro.
Alguns vizinhos pelas persianas
olham escondidos o namoro alheio.
Dentro, na sala, a TV ligada
fala do mundo de cruéis notícias
e pelos becos correm mexericos
de casamentos que caminham mal.
A noite espicha e a Cidade dorme.
Nos corredores as cadeiras calam
e pelos quartos confissões são feitas
antes do sono, quando o amor se deita...

meinteira

é meia noite
e à meia luz
eu meio tonta
te espero inteira

ânsia

É meia noite o tempo anda lá fora
Na ânsia louca de fazer os dias.
É meia noite em mim entra o desejo
Na mesma ânsia de fazer amor.

retalhada

Minha boca
foi talhada
pra seu beijo

Minha boca
foi talhada
por seu beijo

Minha boca
retalhada
de desejo.

pingos de um desejo

Gota a gota
o sonho me invade,
me inunda.
Transbordo de prazer.

desejo negado

Eu queria
você aqui e agora
Eu queria
eu queria

Não adianta
Querer
você não deseja
o meu desejo.

raio de sol raio de lua

Um dia um raio de sol
passou na telha quebrada
e entrou pelo meu quarto
e brincou na minha cara
Percebeu minha alegria

Na mesma telha quebrada
uma noite entrou a lua
e quis brincar na minha cara
mas correu pra se esconder
Percebeu minha tristeza.

travesseiro

Por que nas horas de sono
o meu travesseiro,
relógio de pano,
traz de volta as horas passadas?

Tentaram me ensinar
A costurar, fazer lindos bordados,
A cerzir panos a rufar fita e cetim.
Joguei fora o aprendizado.
Hoje, pobre de mim,
Com o coração rasgado
Não sei cerzir o coitado...

domingo sem graça, 1979

Que dia comprido, meu Deus! Acordei tarde porque só consegui dormir quando chegou a madrugada trazendo você quase carregado por conta de tanta bebida.
A tevê mostra agora o Fantástico. Reparo que minha vida é fantástica! Aguentar as esperas inúteis, chorar as noites vazias, encontrar tantos sinais de traição... É ser mulher fantástica.
Hoje, depois de amargar mais um domingo de total solidão, tentei dormir, mas o sono teve medo da minha tristeza e não chegou perto. Quando o cansaço se apoderou de mim, já era outra vez madrugada...
A chave virando na fechadura tirou-me da madorna. Você chegando alegre sem perceber o meu sofrimento. O dia claro deixa ver no seu rosto uma marca, desenho de uma flor, bordado da fronha onde você por certo dormiu tranquilo. A marca perfeita estampada na cara. A raiva me faz pegar o espelho e obrigo você a se olhar. Numa cena patética, grito:
- Espelho meu, existe alguém mais infeliz que eu?

A pergunta me assusta, me faz rir. Uma força toma conta de mim, e você, assustado, nem acerta a falar. A surpresa da minha coragem deixou você sem graça. Aproveito o momento inesperado e entro no quarto. Agora sou eu quem faz girar a chave. É a primeira vez que faço a chave rodar na fechadura do meu quarto. Não sei o que você disse batendo na porta. O meu travesseiro não tem bordados de flores, mas é macio, e minha cabeça não pesa de remorso.
Dormi como escrava liberta. Nem sei a hora que acordei. Não fui correndo para a cozinha fazer suco, café, torradas. Saí. Andei, andei, andei. A rua me recebeu com agrado. As pessoas passavam para a feira e diziam bom-dia. Acreditei e respondi bom-dia...
No banco da Praça, fiquei sentada organizando uma vida nova para mim, enquanto olhava os girassóis.

Perder foi sempre muito difícil.

Ensinaram-me a andar, a ler, escrever, contar... Não me ensinaram a perder.

Perdi muitas vezes. Deixaram-me por vida e por morte.

Por morte chorei, mas aceitei. Por vida sempre é mais difícil.

Em casa outros me abandonaram. As perdas se sucederam. Contínuas. Cruéis. Nunca me acostumei.

As piores perdas porém foram as outras. Perdi para a vida amigos e amores.

Não sei perder. Sinto-me perdida.

contraste

Sim, sim, sim
Vivo a repetir
aos seus desejos,
aos seus caprichos,
a tudo enfim.
E você,
nem passado
tanto tempo,
aprendeu a dizer:
- sim.

eco

Eu conversei
como louca
com o eco
gritei pra ele
teu nome
e em resposta
veio teu nome
repetidas vezes

gritei te amo
e a resposta veio
te amo te amo
repetidas vezes.

Gargalhamos.

brincando

Eu faço mar.
Você barco,
Vamos brincar
De viagem.

Eu sou remo.
Você âncora.
No mar precisa
Coragem.

Eu sou vela
Você mastro
Vamos correr
Pra outra margem.

Eu canto
Na maré cheia.
Você
Na maré vazante

Nada importa!
Vamos nós
Brincando
De navegantes.

olhando a gaivota, 1980

O mar agora está calmo. A maré está baixa, e a espuma que a onda traz é fininha, não se atiça nas pedras. Os barcos estão ancorados juntinhos, cada um com seu nome escrito no casco, cada um pintado de uma cor já desbotando. As redes estão abertas na praia. Pouca gente está andando na areia. Vim escrever para você um ponto final azulado! Azul de céu e mar de mágoa...
Uma gaivota passou voando sozinha e pousou no barquinho branco sem nome. Agora eu o chamo Gaivota e faço dele o meu correio. Esta carta vai ser levada no Gaivota. É uma carta de despedida, carta que vai me fazer voar sozinha como a gaivota...
Meu amor por você foi como o mar imenso, de perder de vista. As alegrias que ele me deu faziam de minha vida barcos coloridos, carregando ternuras. Tantas ondas de prazer! Agora tudo passou. Meu amor maré...
A maré agora é outra, vazante, tristonha.
Amanhã virá outra onda, outra espuma, outra gaivota...
Outra eu... nunca mais.

de volta

Tirei o mar dos meus olhos
tirei a areia dos pés
entrei em casa tão triste
tudo ficou para atrás.

castelos de areia

Castelos de areia
suspensos na praia
por mãos de crianças
que brincam felizes,
a onda mais forte
correndo os derruba
e risos e gritos
aumentam os matizes.
Olhando de longe,
eu penso em castelos
por mim construídos
e que a onda levou
e invejo os meninos
que brincam outra vez
fazendo castelos
em frente ao mar.
E enquanto os seus sonhos
se erguem na areia,
eu fico fazendo
castelos no ar...

beira de estrada

Para Belô, minha precoce

As casas todas de taipa
pequenas ladeando estradas
são tão humildes, tão puras
que parecem ajoelhadas
rezando pelos que passam.

O trem! O apito ao longe e o povo corria até a estação para ver o trem passar, para receber amigos, para vender aos passageiros: bolachinhas de goma em saquinhos, pão com frigideiras saborosas, mingau em copos de vidro cobertos com rodelas de papel e amarrados com barbante, arrumados num tabuleiro. Era hora de festa na estação a passagem dos trens.

desejo caipira

Uma casinha de taipa
uma janela vazia
um coração sai num voo
ao encontro da mulher
que com os pés no chão
é forte como um burrico

canto da terra

Que canto mais triste é esse que desce
Essa ribanceira e entra em mim?
É um apelo? Uma ordem? Um grito? Um gemido?
Corta toda estrada, rasga meu ouvido
Parte o meu peito, me faz despertar
O canto vem forte e traz a poeira
Do gado que corre por toda campina

A "Taquara" bem longe espera bem verde
Aquela manada cansada e faminta
O rio se despeja e aguarda contente
Todo rebanho suado e sedento
Que desce a correr. O canto não para
O jovem vaqueiro se joga a cantar
Galopa o cavalo. O canto não para
Em tudo ressoa aquela canção
Se espalha no mato um cheiro agreste
Que cresce no vento, que nasce no chão.

Olhar pela janela do trem o canavial dando ideia de que corria atrás, desejando ir também...
Verde do canavial.
Canavial...
E nós mãe:
Candeias
Motriz
Na estação, o povo com o olhar comprido desejando ir no trem. As crianças "pongavam", enquanto a locomotiva ia começando a retirada. Quantos castigos os meninos tomavam, porque alguém contava aos pais que, lá na estação, vira o menino pongar no trem... E as quedas? Joelhos arranhados, queixos partidos. Os dormentes da estrada de ferro ensinavam que havia perigo. A infância não teme quedas.

Meu coração já cantou roda comigo

Subiu, desceu na gangorra

Disse trovas, ditou versos,

Foi criança, foi menino.

Meu coração já teve

Carteira de estudante.

Já foi cofre bem seguro

De cartas de bem querer.

Foi amado, foi amante...

Hoje está igual a mim:

Aposentado! Está quieto

Vive só, triste, descuidado.

Só acelera com a taquicardia!

Com os achaques próprios da idade

Vai vivendo o seu dia a dia

Lembrando os sonhos

driblando a realidade

Lá vai ele diagnosticado.

relógio oito

O meu relógio oito está parado
enferrujou e até deu cupim
está tristonho ali, dependurado
sem se mexer olhando para mim

Meu coração está como o relógio
quebrou a corda e também se bichou
nas paredes na vida pendurado
a bater rebater sem ter amor.

Enquanto morei no sobrado não tive relógio. O da parede com algarismos romanos me atrapalhava mas eu não me importava. O rádio em cima da cristaleira dava a hora toda hora. Ouvia música e hora. Misturava minutos a melodia e as horas corriam em ritmo suave, pulavam as janelas e brincavam comigo de curral embaixo da mangueira.
Eu não gostava do começo da noite. Era hora triste. O claro-escuro do fim do dia me trazia saudades não sei de onde. Não queria sentir tristeza mas ela vinha como impaludismo na hora certa - na hora da "Boca-da-noite", e eu me fechava em dor sem saber por quê.
Tempos depois, bem depois, meu pai morreu numa hora assim e eu passei a saber por que eu já sofria aquela hora há tanto tempo.

sem horas

Eu joguei fora o relógio
que me chamava atenção
para dormir e acordar
para sair e voltar.
Procurei andar sem horas
sem compromissos marcados
e senti mais liberdade
e mais graça no viver
esquecida dos horários
sorrindo para os atrasos
sem ligar para o agora
sem preocupar com o depois.
Fui vivendo bem feliz
mas durou pouco essa fase
de inteira liberdade
veio o choro das crianças
- era a hora de mamar -
veio a sineta da escola
- era vez de trabalhar -
veio o canto das cigarras
- é hora de relembrar -

A frente da nossa casa dava para a Rua Direita, o fundo para a Rua do Amparo. Na frente um portão de ferro no fundo um portão de madeira. Ambos ficavam abertos o dia todo e por eles nós passávamos correndo. Havia alguma coisa que nos fazia sempre entrar correndo em casa...

Na sala, a mesa posta, em cima da cristaleira o rádio ligado, o relógio bonito na parede, a geladeira que não tinha porta (abria por cima). No armário da parede, a despensa da casa, encontrávamos de tudo. Na prateleira de cima, as garrafas com licor de genipapo curtindo para estar no ponto nas festas de São João.

O ano corria... As festas chegavam... Nós corríamos da porta ao portão... Nós corríamos no tempo.

sem hora

Novamente essa porcaria desse relógio parado.
Tivesse dinheiro, compraria um moderno, de pilha!
Vida cachorra! Até o relógio para.
E eu desejando tanto ver o tempo correr...
Princípio de loucura, não. Já estou além do meio.
O sofrimento tira a casca da gente e, sem proteção,
tudo invade o corpo e a alma.
Assim descascada, Mulher, você não vai longe!
Mas que me sugerem, suicídio? Pode cortar.
Vou em frente. E esse relógio que não anda?

Tudo atrasado: o homem esperado, o filho desejado,
a grana sonhada, nada chegou no tempo certo.
Tudo atrasou e não tem conserto.
Tempo perdido é tempo perdido.
Agora, sem útero, como posso parir? O médico insistiu:
é para seu bem; pode ser até câncer. Você quer morrer?
-Não. Mas o meu filho que ainda virá?
Não pense mais nisso. Dobre a espinha. Isso não vai doer.
Já está formigando? É a extra-dural... lá se foi meu útero
O meu filho, meu sonho mais doce, não vai mais nascer.
Até uma canção já tinha para ele, nascida de mim!
E agora sem ele, o que hei de cantar?

É fácil dizer, é fácil opinar que para ser Mãe
não é necessário se ter útero ou ovário.
Para ser Mãe só é necessário se ter coração.
Se pega um menino e se cria com amor
e você ouvirá seus lábios a chamarem Mamãe.
Coração...Ah! Deus em quem acreditei um dia
a quem rezei e a quem pedi três bens:
um amor, um filho e uma graninha...
Em resposta recebi três nãos. No amor, no cobre, na sorte.
Ah! Deus que me faz desejar a morte, me perdoa...
mas estou tão vazia. Vazia por dentro e marcada por fora.

E esse relógio parado, quebrado!
Os ponteiros teimando em não caminhar.
Minhas pernas emperraram: ponteiros de mim,
parados teimosos, sem tempo a marcar.
Somente a vontade de retroceder no tempo, no espaço...
Viver de que forma?
Mudando de roupa, mudando de bolsa, de homem também?
Meu homem? que é do papel? não me deram atestado.
O homem fugiu. Com quem? Quem me diz?

É fácil mandar! mas...e esse relógio parado, quebrado,
tentando mostrar que a vida acabou.
Olhando pra os lados há outros momentos:
escuto na igreja que o sino tocou.
Que importa lá fora se aqui no meu peito
aqui no meu pulso - o tempo parou?

Dentro do meu peito
Meu coração bate
Por seu amor, por seu carinho
Espera um pouco de atenção
Nada recebe
Se reveste de uma força estranha
E bate forte
Pobre coitado...
Quanto mais bate
Mais apanha

marcas

Quem marcou em minha pele
cada hora que vivi?
Quem dobrou como papel
a pele das minhas mãos?
Quem dos lados dos meus olhos
fez preguinhas de palito?

Todo meu corpo tem marcas
da estrada percorrida,
as minhas pernas cansadas
perderam a força para andar.
Por que só meu coração,
sem dobras, teima em amar?

Eu Te dei meu coração
Quando você em promessa
Me entregou seu coração
Acreditei, fui vivendo...
Mas agora, nesse instante
Pra não morrer eu lhe peço:
Façamos novo transplante...

tempo

Tempo vamos fazer uma troca?
eu lhe dou as minhas rugas
você me devolve o rosto
jovem e limpo como ontem.
Eu lhe dou cabelos brancos
você me devolve os cachos
negros, longos, bem sedosos
assim como antigamente.
Eu lhe dou a minha agenda
cheia de notas e horários
e você me dá de volta
meu álbum de figurinhas
toma de mim a caneta,
cadernos pra corrigir
me dá de volta os meus lápis
e quadros pra eu colorir.
Eu lhe dou toda essa roupa
que devo agora lavar
você me dá outra vez
bonecas para eu brincar.
Eu lhe dou a pia cheia
de pratos engordurados

e você me dá em troca
caxixis para eu brincar.
Eu lhe dou esses transportes
que sou obrigada a usar
e você me dá de volta
bicicleta para eu montar.
Eu lhe dou esses meus óculos
que da cara já não tiro
e você me dá de volta
os meus olhos com o seu brilho
Eu lhe dou as minhas pernas
que já andam lentamente
e você devolve em troca
as grossas de antigamente.
Eu lhe entrego os meus braços
cansados de trabalhar
você me dá os meus braços
relaxados de folgar.

Na sala do piano não tinha retratos na parede como nas outras casas que eu tinha visto.

Na sala ampla e clara tinha um sofá, duas cadeiras de braço, quatro cadeiras comuns (tudo de assento e encosto de palhinha) o piano com a banquinha e na parede um espelho oval, bem grande, dentro de uma moldura dourada.

Na sala não tinha fotos nas paredes mas o espelho, de vez em quando, colocava em destaque um rosto ou um corpo inteiro.

Aquela sala tinha coisas esquisitas...

Aquele espelho emoldurava nossos rostos e não deixava preso ali nenhum dos nossos traços.

Naquele espelho a gente aparecia e sumia e não ficava amarelado pelo tempo.

O espelho enfeitava a sala do piano...

Nossas caras enfeitavam o espelho...

O piano enfeitava nossas vidas...

vidros

As lembranças
escorrem
das fotos nas paredes...
Os olhos vivos
de minhas meninas
brilham atrás do vidro.
Quero reparar cada traço,
não consigo.
Minhas lágrimas
embaçam o vidro
dos meus óculos...

Cardiopatite? Angina?
Eu já não sou mais menina
Sofro com o mal da idade
Meu coração está velho
Já não espera, só lembra
Está com o vírus da saudade...

águas mornas, 1979

Olhe, moça, eu sou braba quando me ferem. Sou que nem cachorra parida. Sou boa, amiga, guardo a casa, fico no meu canto. Mas buliu comigo, com meus filhos, eu endoido.
A gente sempre viveu bem. Como pobre tudo dava, até rendia. Ele com as redes e a canoa, eu aqui na cozinha me virando. Tudo direito. A paz vivia aqui com a gente até a outra aparecer. Mais moça que eu, toda bonita, arrumada, cheia de perfume, unhas feitas, toda pintada. Eu? Ah! Eu acabada por ele mesmo, nos preparos das comidas para ele, na lavagem de roupa, no duro da casa. Como competir com a outra? Perdi direitinho. Sofri como uma condenada.
A vida continua. Fui vivendo/morrendo.
Num dia de lua cheia, quando quem é doido piora, e quem não é acaba endoidando, enlouqueci. Peguei tudo que era dele e joguei pela porta afora. No meio das roupas, encontrei uma blusa cor de rosa. Era da sujeita. Joguei álcool em cima e queimei. Subiu uma labareda azul. Parecia chama encantada. Naquela hora, queimei tudo o que me queimou! Olhei as cinzas e saí fresca. Entrei no mar. Depois do mergulho virei outra mulher. Quando ele voltou, a casa era outra, e eu, também.

Se eu soubesse escrever, ia contar ao papel o que contei pra senhora. Sabe pra que? Outra que sofre ia ler e tirar lição. O sofrimento de uma mulher dá força a outra e ensina o caminho da libertação.

mulher

Falar de você
é falar de mim
e isto me comove.
Falar de você
é contar uma estória
que me impressiona
porque conta de mim.
Falar de você
me assusta
porque seus sofrimentos
são iguais aos meus.

laços

Nascer mulher
é começar a vida
com laços mais fortes
com os costumes.
- É menina!
E logo crescem os laços
do bercinho,
do cortinado,
dos vestidos.
Depois, laços nos cabelos
E das imposições sociais.
Novos laços se entrelaçam
e a mulher cresce amarrada.

mulher-lua

A mulher é como a lua:
nasce pequena e bonita
com um brilho bem fraquinho!
Vai crescendo, vai mudando
fica vistosa e faceira,
espalha luz e beleza
no céu de qualquer viver.
E enche... e fica bonita
no plenilúnio do ser!
E depois, quantas que minguam
por desamor, padecer...
e como a lua se escondem
no quarto de seu sofrer.

festa de fevereiro, 1977

Já conheço todas as suas manhas. A venda que coloquei nos meus olhos tirei! Demorei, mas estou vendo longe...
Você deve ter recebido a notícia que ela virá passar a festa. Um pequeno detalhe abriu meus olhos: seu interesse em colocar óleo nas bisagras das portas. Você conhece meu sono leve e sabe que as portas rangem quando são abertas ou fechadas e que me acordam. Você sempre tão descuidado de tudo começa a lubrificar as dobradiças... Só acontece isso quando ela vai chegar. Eu, lerda, não entendia. Agora que tudo está claro sei sua intenção: sair de mansinho e ir para o quarto de hóspedes!!! Como fui burra. Agora sei de tudo, e as portas do meu coração estão emperradas. Não tem lubrificante que dê jeito. Vou arrumar suas malas. Vá e me deixe em paz. Quanto à sua visita, só desejo que um dia as portas da casa dela não façam barulho quando entrarem os intrusos. Será bom saber que em breve ela vai acordar como acordei hoje.

lição

Você me cercou de angústias
e me deixou bem sofrida
mas disto tirei lição.

mágoas

Estava cheia de mágoas
fui com você passear
e tomei banho de rio
lá no rio do Timbó
lá minhas mágoas caíram
deixando meu corpo são
e as mágoas se misturaram
àquelas pedras de seixo
que pelo rio moravam
foram ficando branquinhas
esfriaram por completo
rolaram, brincaram juntas
e assim me abandonaram
sei que elas não se acabam
pois como pedras de seixo
rolam de um lado pra o outro
mas diminuem com o tempo.

que fim levou

Não sei mais dela.
Seus sonhos foram golpeados
e com eles, sua realidade.

Nos espelhos do seu passado
a farda colegial,
os boletins cheios de dez,
os prêmios, os elogios...

Poemas escritos a medo
inaugurando seu amor
foram rasgados, queimados,
viraram cinza tristeza.
Lençóis desnudaram seu corpo
sua vida se descobriu,
ideias e ideais atropelados.
Da sua mente se afastou a lucidez,
andava a chorar, chorar somente.
Contaram-me que seus cabelos
Embranqueceram de repente
E ela passou a sorrir...
Sorrir somente.

obrigada

por mostrar-me as estrelas
quando me preocupava apenas
com os grãos sujos da terra.

Obrigada
por mostrar-me gaivotas
quando me preocupava apenas
em varrer as moscas do chão.

Obrigada
por mostrar-me o poeta
quando eu via em mim apenas
vestígios de solidão.

estações da vida

Para um amigo

Eu queria trazer
as mãos cheias
de sementes,
sementes de girassol
e semear
nessa Primavera

Eu queria trazer
as mãos cheias
de flores
flores de girassol
e te entregar nesse Verão.

Eu queria trazer
as mãos cheias
de calor,
calor do bem querer
e te aquecer
nesse inverno

Eu queria, queria

mas as mãos

vazias

vazias e paradas

é o que te trago

nesse nosso outono...

Meu coração pensou em viajar
Mudar os hábitos
Conhecer outros lugares
O passaporte logo foi negado
O massapé o segurou
Lembrando o diagnóstico
Sua idade

cheiros diversos, 1972

Hoje acordei sentindo o cheiro do curral. Acordei mais animada e saí para tomar leite cru. A espuma na beira da caneca trouxe de volta muitas lembranças. Demorei de beber o leite, olhando o pasto, a quietude espalhada. Andei um pouco aproveitando o caminhozinho que outros pés deixaram no chão sem grama. Respirei o perfume do capim-gordura ainda coberto de orvalho. Andei revivendo outros dias que passei aqui na fazenda com você ao meu lado, cheirando os mesmos cheiros, gozando tanta coisa juntos.

Hoje acordei entendendo que os lugares, as coisas, os cheiros não mudam, mas nós mudamos. Você mudou primeiro. Deixou de gostar de tudo que gostávamos, deixou de gostar de mim. Agora quem está mudando sou eu, com muito atraso, mas consegui. Gosto ainda da fazenda, da casa, das redes, do cheiro do curral e do capim-gordura, do leite cru. Passei a gostar de mim e deixei de gostar de você.

O arame farpado que separa os caminhos, e que ficou entre nós dois por tanto tempo, acabei de cortar.

Nada mais me arranha. Nada mais me prende. Estou livre.

cheiros

O cheiro de querosene do candeeiro
se espalhava mais pela sala
que a luz que ele trazia.
Da cozinha chegavam
cheiros de frituras e doces.
Nas taças, os restos de vinho
exalavam o adocicado odor.
No quarto, às escuras,
nas dobras do linho,
se espalhava o cheiro quente
de uma noite de amor.

Meu coração passou
A noite em claro
Releu cartas de amor
Reviveu todo o passado
Depois chorou muito baixinho
Procurou colo, agrado,
Algum carinho
Mas se ferrou!
Continuou sozinho
Num tic tac sem graça
Que a disritmia acelerou
Quando nasceu o dia
Ele se espreguiçou,
Tremeu, quase parou
Tomou gotinhas de homeopatia
E sem vergonha
Tentou escrever poesia...

cantina da lua

Para Clarindo Silva

Cantina da lua
em noite de escuro
vagueia meu nome
sem eco e sem rima
sem som ou alegria

Falar em poesia
em noite sem lua
sem som e harmonia
lembrar a agonia
de alma penada
que horas perdidas
cantina da lua

Na mesa pequena
tão grande saudade
ali comentada...

Perdoa, Cantina,
aquela menina
que quis consolar
uma coisa passada
já tão massacrada?
Para que recordar?

por favor

Por favor
quando eu morrer
não me deixem entre velas acesas
e olhares apagados.

Quando eu morrer
não me envolvam em flores coloridas
e mortalhas descoradas.

Quando eu morrer
não me façam companhia a noite inteira.
Deixem-me só como de costume.

Que adiantam velas agora
depois de uma vida sombria?

Para que flores e cores
depois de tão negros dias?

Para que a assistência
depois de noites tão frias?

Engoli tantos sapos...
Meu coração a penar
Vai morrer sem gemer
Vai coaxar...

partida

Atravessei a ponte
O rio estava cheio
Meus olhos também
Tão cheios...
A saudade transbordou.

passeio

Que chuva mais bonitinha
Vai lavando esse passeio
Para eu poder passar
Com sombrinha colorida
E casaco furtacor

As pessoas que me amam
Dizem que tenho coração de ouro...
Os elogios me fazem rir.
Por que desprezaram meu tesouro?
Fico a perguntar
Acabo chorando...
Aqui, em mim, o pobre bate triste,
Esquecido, abandonado.
Nada o destrói e lá vai ele brilhando
Levando um amor interminável.
Tenho certeza
Meu coração é inoxidável...

minha colheita

"A semeadura é livre
mas a colheita é obrigatória"

Semeei tudo que pude
amor, carinhos, esperanças,
estou colhendo aos pouquinhos
os frutos dessas bonanças.

deus lhe pague

Deus lhe pague esse dia
em que catou a alegria
em cada canto e me deu
foi no mar olhando o peixe
foi na lagoa dourada
foi no céu cheio de estrelas
foi na lua que nasceu.

bem com o mundo

Eu vou trocar de bem hoje com o mundo
com quem briguei já faz algum tempo
pois eu o culpo pelos meus enganos
e muito mais pelos meus desenganos
mas já agora estou de bem com o mundo
eu fiz as pazes e faz pouco tempo
pois desculpei todos os seus enganos
porque desfiz todos os meus desenganos
e porque sei que amo novamente.

pra te agradar

Eu vou pegar
as duas pontas do arco-íris
e fazer corda pra pular
vou subir na cachoeira
descer de escorregadeira
pra te agradar
vou riscar em toda a praia
uma enorme amarelinha
e saltar pra te agradar
e vou subir na jaqueira
no ramo que for mais alto
balançar como em trapézio
somente pra te agradar
eu vou fazer o impossível
vou voltar a ser menina
correr picula cantar roda
somente pra te agradar.

momentinho

Que momentinho mais doce
você trouxe para mim
devia ter enrolado
em um papel de mil cores
e guardar como presente
esse momentinho doce
que você trouxe pra mim.

amor moderno

Para Aninha Poeta

Quanto dura esse amor
que está em moda
motorizado
rápido
fugaz?
Parece prancha
sobre o mar ligeiro
parece patins ou
skates que correm doidos
pelo chão a fora
esse amor doido
como laser solto
tão fascinante
qual a duração?
Eu não conheço
esse amor corrido
o meu amor é um amor antigo
parece uma canoa em rio
tranquilo
remos parados
levada ao impulso
de uma vela firme

içada sempre
com grande firmeza
soprada ao vento
tão certo
e constante
dessas batidas
do meu coração.

amor raiz

O meu amor não foi
como a ramagem
que se estende
e que dá sombra
a quem passar
O meu amor não foi
o caule forte
que prende folhas
e que se balança
na força alegre
que o vento faz
O meu amor não foi
flor nem fruto
nem semente
não perfumou
não se espalhou
não alimentou além
O meu amor foi
a raiz calada
que escondida
sofrida cansada
me sustentou
e tirou de ti
a seiva
que me fez feliz.

Meu coração toma diversas formas...
Há dias que ele brinca e vira flor
É arco-íris, é estrela, é lua;
Em outros se apaga, perde a cor.
Hoje está solto a brincar na praia
Um castelo de areia, um barco leve
Uma gaivota livre no azul...
Bate no ritmo das ondas, das espumas
Num movimento que não se descreve
Meu coração hoje é pescador

gotas de prazer

Caiam em mim
gotas de prazer
e virarei
folha, flor,
pássaro...
Voarei

sonhos que navegam

Sol e mar...
Vela de vida
leva-me
em busca
de todos os sonhos

vendo crescer um sonho

Dentro de mim
um riso
uma promessa
uma flor.
Vejo crescer
em mim
o sonho.

ninho

Que penetrem
em mim
todos os cantos
e eu me transforme
em ninho
para todos os pássaros.

Que bichinho
Engraçado
Esse coração
Sofrido
Que meu peito encerra
Tudo que ele quer
Sobre esta terra
É ter você juntinho
Num agrado
Vive pra você só por você
Bate, bate, bate
Não se acanha
Você olha indiferente
Parece dizer:
Apanha, apanha, apanha!!!

adivinhas

Esta noite não dormi direito
não sonhei. Eu só pensei em ti
com muita raiva de tantas estrelas
que pararam pra ver o que senti...

Gostei do sol quando chegou valente
e empurrou-as todas por ali.
Elas se foram mas adivinharam
que não sonhei e só sofri por ti.

momentos

1. A lua está meia lua,
meio queijo no meu prato:
- Esse céu de porcelana!

2. O dia está cor de chumbo:
as cores se desbotaram
na caixa da madrugada...

Casa cheia tem sempre alegria correndo pelo corredor. Riso e choro de criança enfeitam as salas, os quartos, os cantos todos da casa. O pátio se enche de brinquedos e a alegria se derrama como água limpa.

A casa foi esvaziando e minha dor cresceu. Não correu pelo corredor. Ficou parada na porta da sala de jantar vigiando a mesa posta, os pratos emborcados, os copos vazios.

As lembranças tomando assento nas cadeiras de palhinha. A saudade rondando como mariposa velha.

Na mesa do telefone uma agenda velha como a saudade, manchada de borra de café que minha mão trêmula deixou cair. Alguns números desbotaram, outros sumiram.

Perdi quase todos os contatos. O telefone e eu fomos ficando mudos.

Minha boca foi esquecendo as palavras de carinho que eu gostava de dizer. Meus ouvidos já não escutavam o meu nome repetido mil vezes, o mãe venha cá foi ficando longe. Longe também a casa cheia, o colo cheio, o coração cheio.

festa na Reitoria, 1989

A Reitoria cheia de gente e música. Eu, vazia de tudo. Você não quis ir ao concerto comigo. Dor de cabeça, enxaqueca, tontura... Todas as desculpas de sempre. Fui só.
Que piano sem piedade! Por que tocou tão bonito? Será que não adivinhou meu sofrimento? Tudo parecia dizer ter dó de mim... Tantas colcheias, e eu vazia...
Pensei em tanta coisa daquele ontem bonito que vivemos... A nossa sala em festa, nós dois sozinhos tocando a quatro mãos! Nossos aplausos que acabavam em beijos e abraços e muitas vezes iam bem mais adiante para o nosso prazer! Saí da Reitoria fazendo-me forte e com nossos amigos voltei para casa. Nossos carros se cruzam. Sua dor de cabeça mentirosa levou você a um belo passeio na Barra com a nova sujeita.
Nossa vida não tem conserto.
Quando entrar em casa, em sua homenagem, vou tocar um réquiem.

Estou morrendo aos pouquinhos
Meu coração não tem jeito
Não é infarte ou angina
É mágoa rasgando o peito...

voando para sonhar

Crisálida de mim
cria asas,
rompe teu casulo
voa...
O sonho é um voo.
Leva-me contigo.

Estar em Santo Amaro, hoje, é como se ainda eu fosse pequena, sem meus horários, vivendo com os horários de nossa casa. Estando por lá, sigo o relógio sagrado daquele tempo que passou e que me volta sempre que volto lá. A hora da sopa, com o pão cortado em fatias, é no tempo certo que minha mãe marca no carinho de nos reunir novamente à mesa.

O caminho é longo
mas o meu coração
o faz suave
e florindo sigo...

Depois que minhas filhas cresceram comecei a viver um sonho que elas acharam pequeno e muito pobre. Para mim um sonho rico e muito grande: ter uma casa, em Santo Amaro, das que ficam ali, quietas, olhando o povo subir para a Praça, a Lira passar tocando, os meninos indo e vindo dos Colégios... das que não se importam que a Prefeitura lhes dê as costas, daquelas baixinhas que para verem as torres da Igreja têm que espichar a cumieira...
As casas estão lá, de mãos dadas, com parede meia.
Meu sonho está aqui, em mim inteiro... ainda...

sobrados

Os sobrados cansados do passar do tempo
com a saudade dos seus velhos donos
começam a ruir num modo estranho
que espalha pena só de se olhar.
Velhas janelas de guilhotina
ficam emperradas, nada querem ver.
Velhos sobrados de sacadas tristes
derramam marcas de tempo distante
e as paredes mostram as feridas
que a saudade causa até nas pedras
nesse terminar, nesse sofrer.

amargura

Minha poesia hoje
está suja de vida
meus sonhos dormiram.

Nos dias de festas maiores lá em casa, muitas vezes fazíamos o prato e porque as mesas estavam completas, íamos comer embaixo do pé de jambo que dava uma sombra gostosa bem na porta do quarto de Maria Bethânia. A mesa de ferro servia de apoio para os copos de suco, cerveja, água. Sobre nós a sombra do jambeiro. Ali tudo sempre foi muito gostoso. Ficávamos conversando e agradecendo a vida que Deus nos tem dado. Vinham os casos engaçados e muitas vezes nos engasgamos de tanto rir das histórias de Rodrigo, de Roberto, de Caetano. O pé de jambo bonito, derramando flores cor de rosa nos nossos copos, nos nossos pratos, no nosso chão, em nossas vidas. Tudo com a cor do carinho que ele majestoso nos dava. Um dia o pé de jambo amanheceu com as folhas numa tonalidade diferente.
No outro dia pela manhã todas elas caíram. Quem deu uma dose de quimioterapia no meu pé de jambo? Uma cena triste o pé de jambo ali pelado, vazio, cheio de galhos que nunca tínhamos visto. O esqueleto do nosso pé de jambo ali no pátio. Teve que ser tirado dali. A sua vida acabara e seu tronco sem vida foi levado para longe junto a sacos e sacos de folhas secas. Acabou a sombra. Acabaram-se as flores cor de rosa dos jambos vermelhos. Acabou-se também um pedaço do colorido da vida daquele querido quintal...

amor maduro

Para Ana Basbaum

Meu amor envelheceu dentro de mim,
sem se dar conta dos cabelos brancos,
do cansaço natural que o tempo traz.
Ficou mais lúcido, bem mais decidido,
deixou de lado toda insegurança,
cansou de tanto ter sofrido
e já nem quer mais ter esperança.
Vive e se basta e me basta!
Não se preocupa de ser correspondido,
não importa sentir-se esquecido.
Vivemos eu e ele conscientes
de que, apesar dos pesares,
de todas as dores,
nada melhor que viver
como vivo hoje:
envelhecendo a morrer de amores...

Esquecer é uma ciência. Perder a memória deve ser um prêmio concedido pelos deuses.
Ensinaram-me a crer num só Deus. Eu lembro disto...
Tem tanta coisa que aprendi e não quero esquecer...
De Deus eu quero lembrar sempre. Quero esquecer o que não me fala Dele. O que me lembra Judas e todos os que traíram alguém.
Quero lembrar que no meu sobrado tinha mangueira no quintal e que a sala do piano, cheia de janelas, era clara. Quero esquecer que as escadas me metiam medo. Quero esquecer que os gansos correram atrás de mim e que pessoas que eu amei me abandonaram por morte e por vida...
Quero lembrar do rosto bonito de Bob. Da gargalhada de Rodrigo.
Quero lembrar a voz de Bethânia na varanda de tia Iazinha cantando Sussuarana.
Quero dormir e sonhar com a Terra que me serviu de berço e vai me servir de rede...

cronologia da vida e da obra

1934   Nasce Maria Isabel Vianna Telles Velloso, no dia 14 de fevereiro, na cidade de Santo Amaro (BA), filha do funcionário público José Telles Velloso e Claudionor Vianna Telles Velloso - Seu Zezinho e Dona Canô. A avó paterna, Maria Clara Velloso (Dona Pomba) e a avó materna, Julia Muniz de Araújo, eram parteiras e o avô materno, Anísio César de Oliveira Vianna, poeta.

1940   Frequenta o Colégio Nossa Senhora dos Humildes.

1946   Conclui o curso primário, em Santo Amaro.

1947   É matriculada no Colégio Santa Bernardete, em Salvador.

1948   É matriculada no Ginásio Itapagipe (hoje Colégio João Florêncio Gomes), em Salvador.

1955   Conclui o Curso Pedagógico no Instituto Normal da Bahia (hoje Instituto Isaias Alves - ICEIA), em Salvador.

1956   Ingressa como professora na Escola Dr. Araújo Pinho, em Santo Amaro, onde trabalha por vinte anos.

1960   Casa-se na cidade de Santo Amaro.

1962   Nasce sua primeira filha, Jovina Dulce Telles Velloso de Mesquita.

1965   Nasce sua filha Maria Clara Telles Velloso de Mesquita.

1971   Nasce sua filha Maria Isabel Telles Velloso de Mesquita (Belô Velloso).

1974   Ingressa como professora na Escola Maria Amélia Santos (Pau da Lima)

1978   Ingressa e trabalha como professora na Escola José de Sá - Pupileira (Campo da Pólvora) até a aposentadoria.

1980   Publica, no dia 22 de novembro, seu livro de estréia, *Pedras de Seixo*, pela Editora da Fundação Cultural do Estado da Bahia.

1981   Publicação de *Mato Verde Magia*, antologia poética que reúne doze poetas, organizada por Luiz Ademir Souza, pela Editora Contemp.

1983   Ano de sua aposentadoria como professora.
Seu poema *Lua*, musicado por Roberto Mendes, é gravado e lançado no disco Ciclo de Maria Bethânia, pela gravadora Universal.

1984   Publica *Gritos d´Estampados*, pela Dimensão Gráfica e Editora. O livro tem ilustrações de seu irmão, Caetano Veloso.

1985   Publica *Trilhas*, pela Editora Imprensa Oficial de Santo Amaro.

1986 Falece seu pai.

1987 Publica *Mulher*: nos cantos e na poesia, Editora do Autor e *Poemas Endereçados*, pela Revista Alfa Gráfica e Editora.

1988 Publica *Muito Prazer*, pela Editora Multipress. Seu livro *Revelando* ganha uma edição especial, organizada por Maria Guimarães Sampaio, fotógrafa baiana.

1990 Publica seu primeiro livro para crianças *Cavalinho de Pau*, pela Editora Paulinas e *Janelas*, pela Empresa Gráfica da Bahia.

1991 Publica *Cem Horas de Poesia*, coletânea que reúne dez poetas baianas, coordenada por Mabel Velloso, pela Editora Multipress.

1992 Publica *Trenzinho Azul*, pela Editora Paulinas.

1994 Cantigas de roda para crianças ganham letras de orações, criadas e adaptadas por Mabel Velloso e são lançadas no disco (CD) *Brincar de Rezar*, pela Biscoito Fino e Peermusic, com as vozes de Belô Velloso e das Meninas Cantoras de Petrópolis, além da participação especial de Maria Bethânia.

1995 Publica *Terno*, pela Editora BDA - Bahia.

1996 Publica *Poemas de cor*, pela Editora do Autor.

1997 Publica *Poemas Grisalhos*, pela Fundação Casa de Jorge Amado.

2000 Publica *Candeias. Milagres e Romarias*, pela Fundação Casa de Jorge Amado. É homenageada pela Universidade Federal da Bahia (UFBA), em comemoração dos vintes anos de seu primeiro livro, Pedras de Seixo, que ganhou nova edição neste ano, pela Contexto & Arte Editorial.

2001 Inicia atividades como palestrante numa série de encontros mensais, os Saraus Literários, e como professora no projeto *Miúdos da Ladeira*, ambos no Teatro XVIII.

2002 Publica *Caetano Veloso* e *Gilberto Gil*, ambos pela Editora Moderna, volumes da série *Mestres da Música no Brasil*.

2003 Publica *Donas*, pela EPP Publicações e Publicidade.

2004 Seu poema *Ladainha de Santo Amaro* é gravado e lançado no disco *Nossa Senhora dos Jardins dos Céus* de Maria Bethânia, pela gravadora Biscoito Fino.

2005 Publica *Barrinho, o Menino de Barro*, pela Editora Oiti. A mesma editora publica *Bonequinhos de Papel* e *Cartas de dor Cartas de Alforria*. *Irmã Dulce* é publicado pela Editora Callis, compondo a coleção *A luta de cada um*.

2007 Publica *Medo do Escuro*, pela Editora Paulinas.

2008   Publica *O Sal é um Dom: Receitas de Mãe Canô*, pelas editoras Corrupio e Nova Fronteira.

2011   Publica *Conversando com Nossa Senhora*, pela Editora Oiti.

2012   Falece D. Canô, sua mãe.

2013   Publicação de sua primeira antologia *Poesia Mabel*, pela Editora Intermeios - Coleção Laranja Original

bibliografia

Pedras de Seixo. Salvador: Fundação Cultural do Estado da Bahia, 1980.

Mato Verde Magia. Salvador: Contemp, 1981.

Gritos d´estampados. Itapetinga: Dimensão Gráfica e Editora, 1984.

Trilhas. Santo Amaro: Imprensa Oficial de Santo Amaro, 1985.

Mulher: nos cantos e na poesia. Salvador: Edição da Autora, 1987.

Poemas endereçados. São Francisco do Conde: Revista Alfa Gráfica e Editora, 1987.

Muito prazer. Salvador: Multipress, 1988.

Revelando. Salvador: Edição da Autora, 1988.

Cavalinho de pau (infantil). São Paulo: Paulinas, 1990.

Janelas. Salvador: Empresa Gráfica da Bahia, 1990.

Cem horas de Poesia [Coletânea. Coordenação: Mabel Velloso]. Salvador: Multipress, 1991.

O Trenzinho Azul (infantil). São Paulo: Paulinas, 1992.

Brincar de rezar [Poemas musicados. Disco/ CD para crianças]. Rio de Janeiro: Biscoito Fino & Peermusic, 1994.

Terno. Salvador: BDA-Bahia, 1995.

Poemas de cor. Salvador: Edição da Autora, 1996.

Poemas grisalhos. Salvador: Fundação Casa de Jorge Amado, 1997.

Candeias. Milagres, Romarias. Salvador: Fundação Casa de Jorge Amado, 2000.

Pedras de Seixo. 2 ed. Salvador: Contexto e Arte, 2000.

Caetano Veloso (Coleção "Mestres da Música no Brasil"). São Paulo: Moderna, 2002.

Gilberto Gil (Coleção "Mestres da Música no Brasil"). São Paulo: Moderna, 2002.

Donas. Salvador: EPP Publicações e Publicidade, 2003.

Barrinho, o Menino de Barro (infantil). Salvador: Oiti, 2005.

Bonequinhos de Papel (infantil). Salvador: Oiti, 2005.

Cartas de dor Cartas de alforria. Salvador: Oiti, 2005.

Irmã Dulce (Coleção *A luta de cada um*). São Paulo: Callis, 2005.

Medo do Escuro (infantil). São Paulo: Paulinas, 2007.

O sal é um Dom: Receitas de Mãe Canô. Salvador: Corrupio; Rio de Janeiro: Nova Fronteira, 2008.

Conversando com Nossa Senhora. Salvador: Oiti, 2011.

das organizadoras

Santo Amaro, a cidade, legou ao mundo artistas, sociólogos e políticos importantes como Teodoro Sampaio, Conselheiro Saraiva, Edith do Prato e Emanoel Araújo. Mas, sem dúvida alguma, o que nos levou à terra do massapé pela primeira vez, ainda quando apenas sonhávamos poder ler um livro inteiro de Mabel, estava ligado a Caetano e Bethânia e ao desejo de voltarmos nossos olhos para um caminho que a eles fosse caro e natural. Seguindo o impulso de ver de perto as paisagens geográficas presentes nas obras cujas paisagens intelectuais admirávamos, cenários sobre os quais se ergueram ou versavam tantos poemas e canções, motrizes e matizes fundantes na gestão profícua de muitos de nossos pensamentos e ações, partimos para lá quase como quem busca um "Caminho de Santiago", uma "Meca", um encontro com o *eu*.

Nascemos em 1968 e crescemos ao som das melodias de Caetano - muitas fizeram pano de fundo para a ditadura que passava à frente, e de suas letras, que logo seriam pano de boca no teatro que se instalaria em nossas vidas. Chegamos às letras pelas mãos do drama – nos formamos juntas na Escola de Arte Dramática e lá mesmo nos apaixonamos por autores e dramaturgos, poetas e palavras. Palavra-ação, a mão-mãe do palco.

Mal chegadas à Santo Amaro, depois de longa peregrinação, recebemos logo a graça de uma grande bênção: conhecemos Mabel e seus livros, e Nossa Senhora. Antes já havíamos feito breve contato com a poesia de Mabel através dos poucos livros seus que pudemos encontrar em São Paulo.

Já o reencontro com Nossa Senhora mereceria nota a parte, não fossem as duas coisas extremamente ligadas. Tudo foi o "voltar à casa", um encontro com o eu. A saudade presentificava-se e assumíamos definitivamente seu lugar em nós: *Ó Maria, Virgo prudentíssima,/ Mater clementissima ora pro nobis*[1]. Ali o coração, o centro, a pedra fundamental: ir longe para encontrar o dentro. Poderíamos dizer, não fosse tudo a mesma coisa, que não estamos a falar de vida ou de fé, mas de literatura, da palavra que se faz carne. De maneira circular e sincrônica tudo fez sentido, sendo uma coisa a outra. Se crêssemos, poderíamos dizer que o Destino quis assim, pois sem saber como encontramos justamente o que tínhamos ido buscar, de um jeito que jamais sonháramos.

Quando pusemos os pés na Matriz da Purificação – era uma manhã de um azul desconcertante! - não foi o cenário que vimos, mas o Sagrado presentificado, assim lá como também na Praça, no Convento ou no extinto (futuro?) Coreto. Do alto do São Francisco, dos corredores do velho sobrado, da quietude serena da Charola sendo preparada, dos passos morenos que

---

1. "Tota pulchra", gravada no disco *Novena de Nossa Senhora da Purificação* (produzido por Roberto Sant'Ana, 1997).

nos levam da casa à Igreja e da Praça de volta à Roda Gigante, penetramos na urdidura do Tempo como quem "penetra surdamente no reino das palavras"[2] e a trama que ali está começou a ser tecida em nós também. Acabamos por virar parte de tudo aquilo, como se já não o fôssemos quando lá chegamos pela primeira vez.

Dedicamos este "prazer de casa" aos alunos de "pró" Mabel, os que tiveram a boa sorte de ter estado nos bancos das escolas onde lecionou, e aos virtuais, seguidores do mabelismo[3], gente que tem sede e fome de poesia.

Agradecemos à Dona Mabel, corajosa e generosíssima sempre, por ter confiado a beleza de sua poesia às nossas inexperientes mãos; àqueles que semearam com amor as que aqui se encontram, Canô e Zeca, Sandra e Ruy, Antonieta e Toninho e às eternas "Donas" de nós: Dete, Daia, Mina, Ju, Pomba, Loma, Mercedes, Kit, Nilza, Amália, Martha, Olga e Lizette. Do gosto que plantaram (e por contarem e ouvirem tantas histórias) surge a liga que aqui se apresenta, feita do amor devoto, permanente e fiel de duas paulistas por uma baiana.

Agradecemos o apoio irrestrito de Ju, Lala, Belô, Jorginho e Anna Luiza, e a toda a família Velloso, que sempre nos acolheu com enorme carinho, em especial à "Dona" Nicinha pelas conversas sobre a Moça na hora da sopa.

Agradecemos também a ajuda inestimável dos professores Ariovaldo José Vidal, José Miguel Wisnik, Lucia Castello Branco, Mourival Santiago Almeida, Osvaldo Ceschim e Terezinha Fernandes Spinola que, em fases distintas, colaboraram com nosso trabalho.

Muito especialmente agradecemos a Caetano Veloso, com sempre-

---

2. ANDRADE, Carlos Drummond de. "Procura da Poesia". In: *Antologia Poética* (Organizada pelo autor). 55ª ed. Rio de Janeiro: Record, 2005, p. 247.

3. Termo cunhado por Ana Maria Pedreira Franco de Castro, em seu prefácio à segunda edição de *Pedras de Seixo*.

viva admiração e afeto, a Joaquim Antonio Pereira Sobrinho, amigo poeta que a nós conferiu a honra desta doce tarefa, à Cristina Reginato Hoffmann, irmã e amiga de todas as horas, por ter nos posto de volta nos bancos da escola e à Maria Bethânia, "Pelo processo divino/ Que faz existir a estrada"[4] Por fim, oferecemos a Jorge, o Santo Guerreiro, nosso trabalho, saudando-o com as palavras de um poeta, Jorge:

Assim sempre me chegou a palavra de Mabel: como uma noite de chula no Calolé, como o "Tantum ergo" da Novena da Purificação, como um dobrado antigo da Lira ou do Apolo, como a voz do professor Nestor, recitando "Papai Noel, Pólo Norte, como uma reza de caboclo cantada por Serafim. Tudo isso tem a força de parar o tempo; o que Mabel diz ou escreve, também[5].

Érika Bodstein e Valéria Marchi
Abril de 2010

....

4. PESSOA, F. Eros e Psique. In: *Obra Poética*. 3ª ed. Rio de Janeiro: Nova Aguilar, 2005, p.181.

5. Prefácio de *Donas* (2003), por Jorge Portugal, p.12.

poesia, Mabel

A recolha aqui apresentada celebra trinta anos de produção literária e reúne os poemas e a prosa poética dos livros *Pedras de Seixo* (1980), *Mato Verde Magia* (1981), *Gritos d´Estampados* (1984), *Trilhas* (1985), *Mulher nos cantos e na poesia*, *Poemas Endereçados* (ambos de 1987), *Muito prazer* e *Revelando* (1998), *Janelas* (1990), *Cem horas de poesia* (1991), *Terno* (1995), *Poemas de cor* (1996), *Poemas Grisalhos* (1997), *Candeias. Milagres e Romarias* (2000), *Donas* (2003), *Cartas de dor Cartas de alforria* (2005) e *O sal é um dom* (2008), além de poemas e textos inéditos. A maior parte dos volumes publicados encontra-se com edições esgotadas e o que, com muita honra, tivemos em mãos para trabalhar foi, muita vez, um exemplar único da autora. É necessário dizer também que não tivemos acesso à primeira edição de *Pedras de Seixo*, o que nos impediu de realizar eventuais comparações críticas entre a primeira e a segunda edição deste.

Poesia Mabel vem corrigida pela autora e pelos editores. Assim, faremos aqui apenas algumas notas críticas, que julgamos necessárias.

Um poema, "Sem hora", sofreu uma incorreção na edição original, à altura do trigésimo terceiro verso, tendo sido erroneamente dividido em duas páginas (51 e 53) separadas por outro poema, "Que fim levou". O poema "Vidros" foi editado pela primeira vez em Revelando, uma edição especial de 1988. Depois foi reimpresso na coletânea *Cem horas de poesia*, organizada pela autora em 1991. O título deste figura apenas na coletânea. No entanto, conservamos a grafia e a pontuação da edição primeira, por considerá-la mais próxima da mão da autora. Por fim, marcas de oralidade foram mantidas na maior parte da obra, por exemplo, em palavras como "patichuli" e "raspadura"; também em "a vejo", em "demorar de", "a cor que mais gosto" e "pra o" no lugar de pro. Além disso há a presença de regionalismos bem marcados como "de mesmo", significando "realmente", "de verdade".

Os poemas e a prosa poética aqui apresentados são costurados pela fina renda tecida nos livros *Janelas, Terno de Reis, Candeias. Milagres, Romarias* e *O sal é um dom*.

A manifestação do sujeito poético, na medida em que líamos e relíamos os livros, foi se consolidando com uma divisão tripartite: eu, outro, nós. A divisão se dá a ver mais claramente no nível do objeto, numa primeira aproximação. No entanto, com a incursão pelas partes são revelados outros níveis mais fundos de vínculos.

A primeira parte traz a infância, as memórias primeiras, o lugar de onde esse eu nos fala. Tudo começa num desses "sobrados cansados do passar do tempo"[1] que ainda hoje lá se encontra. Teima em ficar de pé para contar a história de nossa civilização, na justa medida em que o Recôncavo da Bahia está intimamente ligado aos primórdios do processo de colonização no país. Lá se encontra o velho sobrado dos Velloso, que também fora agência local dos Correios e Telégrafos, sentado quase aos meios da Rua Conselheiro Saraiva, antiga Rua Direita. Vale chamar aqui um certo *Manifesto*[2] e os exames ali feitos sobre a arte e as benesses do regionalismo. O ensaio das rendas, as análises valorativas da arquitetura e

....

1. VELLOSO, Mabel. *Poemas grisalhos*. Salvador: Fundação Casa de Jorge Amado, 1997, p. 31.

2. FREYRE, Gilberto. QUINTAS, Fátima [Org.]. *Manifesto Regionalista*. 7ª ed. Recife: Fundação Joaquim Nabuco e Editora Massangana, 1996.

culinária locais, e um poema, o inaugural "Evocação do Recife", em muito se irmanam ao universo criado por Mabel Velloso. Freyre lamenta o processo de descaracterização que sofreram as ruas de seu Recife, quando da troca de seus velhos nomes, Rua do Sol, Rua da Saudade e Sete Pecados, "para nomes novos: quase sempre nomes inexpressivos de poderosos do dia. Ou datas insignificantemente políticas (...)". Mabel, por sua vez, convoca a deliciosa teimosia baiana que, a despeito das placas, nomeia suas ruas com o sabor do coração:

"Na frente da nossa casa, o número na porta - 39. A rua todos chamavam Rua Direita esquecendo o nome do Conselheiro Saraiva. Nossa rua tinha apelidos. Além de Rua Direita era chamada de Rua do Telégrafo, da Padaria... No meio dela os trilhos do bonde, de um lado e do outro casas de platibanda, sobrados de sacadas simples. Lá por dentro, vidas, sonhos, alegrias e agonias..."[3]

Vejamos em versos:

*"Rua da União...
Como eram lindos os nomes das ruas da minha infância
Rua do Sol
(Tenho medo que hoje se chame de dr. Fulano de Tal)
Atrás de casa ficava a Rua da Saudade...
...onde se ia fumar escondido"*[4]

---

3. VELLOSO, Mabel. *Janelas.* Salvador: EGBA, 1990, p. 26

4. BANDEIRA, Manuel. *Estrela da Vida Inteira.* 20ª ed. Rio de Janeiro: Nova Fronteira, p. 133.

Um certo parentesco entre a poeta baiana e o recifense, um dos maiores no panteão brasileiro, já o teria sugerido Wally Salomão, ao chamá-la "um Manuel Bandeira de saias". Há de fato, em suas obras, vozes que ecoam uníssonas e rompem fronteiras criando um quê de nordestinidade brasileira e personalíssima, um quê interiorano que parece morar no mais fundo em nós. A este lugar que reflete o lugarinho pessoano, bandeiriano, de onde ao dizer de si e de sua aldeia diz-se do mundo todo, poderíamos chamar "a casa".

O Tejo é mais belo que o rio que corre pela minha aldeia.
Mas o Tejo não é mais belo que o rio
Que corre pela minha aldeia.
Porque o Tejo não é o rio que corre pela minha aldeia.[5]

Não temos, em português, uma boa palavra para se referir, com saudade, à cidadezinha onde nascemos, lembrando as curvas do seu rio.
Não dá pra dizer, poeticamente, que estou com saudade do rio de meu arraial, do meu povoado, da minha vila, da minha pequena cidade, da minha cidadezinha, do lugar onde nasci...[6]

Santo Amaro talvez possa ser este lugar e um dia tornar-se palavra dicionarizada, figurando entre os verbetes selecionados por alumbrados amantes do "mabelismo"[7]. Ter saudade de Santo Amaro é ter saudades de "mi pueblo"[8].

....
5. PESSOA, Fernando, citado por ZIRALDO. *Os meninos morenos*. São Paulo: Melhoramentos, 2005, p.10.

6. ZIRALDO, op.cit., p.10.

7. Vide nota 4.

8. ZIRALDO, op.cit., p.10.

(...)
Saudade sombria
das tardes morrendo
(...)
Saudade incensada
das Missas cedinho
(...)
Saudade maluca
dos doidos correndo
(...)
Saudade tão cheia
do Rio que descia
lambendo a beirada
do cais tão limpinho[9].

    A saudade que aqui se encontra parece ser uma só, ligada a outras na simplicidade nua das formas modernas dos traços, dos versos, e o trânsito livre por esse Brasil profundo nos é facultado por entre as ruas da União, do Amparo, o Lajão... Essa saudade parece querer compor um fio capaz de unir todo o país, seus acentos e gostos, cheiros e formas, num só fluxo que corre como que nas veias, entranhado na alma do homem brasileiro, escondido nos grotões, nas folhas, espalhado pelas diversas regiões do país.

    Foi na Bahia que tudo começou e lá tudo é forte, como no ventre da mãe. A mão negra, os olhos índios, a herança do fado português: "saudade", "coração" - palavras tão presentes em nossa canção. Nesse lugar da saudade e do coração nosso país imenso parece pequenininho, uníssono. É vário, sendo o mesmo. É imenso.

....
9. Poema inédito, publicado nesta antologia à p.123.

*Meu coração
bate sozinho
no velho moinho
da solidão*[10].

E Mário Quintana dá notícias lá do sul, ligando-se ao sertão mabélico de noturnos versos:

*O relógio costura, meticulosamente, quilômetros e
quilômetros do silêncio noturno*[11].

E a seus Poemas de Cor:

*Meu coração sofre mais quando anoitece
Ele cisma, sonha, escreve versos, chora...
É quando mais lembra quem o esquece*[12].

    Quando o dia renovado chega, partimos por entre os brinquedos de picula ou chicote-queimado, entre cadeiras na calçada, namoros, mexericos, risadas. Fazendo "O Mapa"[13] dos lugares que nos serviram de berço e nos servirão rede, das cidades do andar e do repouso, por entre as rodas na Praça, os passeios de trem ou vapor, o cais da Rua Aurora e o de Araújo Pinho, o rio Doce, passeamos por essas "casas" às voltas com Totônios,

....
10. QUINTANA, Mário. *Lili inventa o mundo*. 5ª ed. Porto Alegre: Mercado Aberto, 1985.

11. QUINTANA, Mário, 1985

12. VELLOSO, M. *Poemas de cor*. Livro inédito.

13. QUINTANA, Mário. *Apontamentos de história sobrenatural*. Porto Alegre: Globo & IEL, 1976

Daias, Inhas, Detes, Tomásias, com todos os que dormem "Profundamente"[14]. Passam Capiberibes e Subaés!

Se tudo começa naquelas terras do massapé, envoltas em águas por todos lados, água doce, Nossa Senhora da Purificação, Oxum, e água salgada do mar Iemanjá, tudo navega e segue seu curso, pois *o tempo é como um rio / que caminha para o mar*[15]. À Baía de Todos os Santos!

A segunda parte acompanha um movimento que remonta a uma tradição entre os Velloso, a de ir à Bahia - assim chamavam os santamarenses a cidade do Salvador - para dar continuidade aos estudos primários ou secundários iniciados em Santo Amaro. Foi assim com todos os filhos de dona Canô e seu Zezinho - história já bem contada por artistas e estudiosos da música brasileira. No entanto, vale rememorar que foi assim, tendo ficado para segunda época de matemática e, por isso, estando a passar as férias estudando em Santo Amaro à casa de sua irmã, a professora Mabel, e sob a tutela desta, que a jovem Maria Bethânia recebeu o convite para tomar parte no antológico show "Opinião".

Mabel foi à "Bahia" para estudar no Ginásio Itapagipe. De lá ouviremos histórias espalhadas por poemas e canções. O caminho entre Santo Amaro e Salvador era feito a vapor, partindo do Conde ou de trem, o Motriz, com desembarque na Calçada, charmosa estação que sempre esteve onde hoje está, desde a sua inauguração em 1860, na Cidade Baixa, deitada junto ao mar.

Na "Bahia" o *eu* se volta para o *outro*, mas não sem que antes ecoem dores geradas pela distância da casa primeira. Ecos que se farão presentes nos poemas, batendo e rebatendo qual balada marítima, noturna, e nas camadas fundas de depoimentos, gestos e vozes – no timbre - de Mabel e (por que não

....

14. BANDEIRA, Manuel. op.cit., p. 139.

15. LOBO, Edu e CAPINAN. "O tempo e o rio", Canção gravada no disco *Edu e Bethania*, produzido por Aloysio de Oliveira (Elenco, 1966).

dizer?) de seus irmãos artistas, Caetano e Bethânia. Esta percepção poderia nos remeter a alguns pontos mais nítidos de intersecção entre o universo desses poetas, bem ao gosto da crítica contemporânea que anda às voltas com a epistolografia de Machado e os espólios de grandes escritores como Fernando Pessoa, como se quisessem *stricto sensu* filológico, entrar-lhes na mente e desvendar o instante da pena. Se penetrássemos secretamente nos cenários de "Reino Antigo", rara incursão de Bethânia como letrista, de "Trilhos urbanos", "Jenipapo absoluto" ou "Motriz", arquibela canção de Caetano (feita sobre ou a partir de uma memória de Maria Bethânia), ou se nos deixássemos estar às *Janelas* com Mabel e seus *Poemas Grisalhos*, poderíamos perceber que ainda que cada qual tenha passado por sua vez e versado a seu modo sobre as águas da casa primeira, também ali se dá a ver uma espécie de timbre vindo do ventre materno, um cântico de sereia que os chama enquanto irmãos ao rio de sua aldeia. E suas obras de arte, tão diversas, talvez neste ponto remetam-se a um mesmo fim - estro dissonante, vário, belo, vozes de nosso país.

Diversa é a natureza dos seres, diversa sua conduta, diversos os produtos gerados no confronto do Eu com a realidade circundante. No entanto, talvez um dia percebamos a existência de certos tons unificadores entre as obras desses artistas, que também são irmãos. Tais estudos apontados para uma trípode fraterna poderão permitir, na análise do "três", campos ainda mais complexos do que os que há nos exames do duo, ou do uno[16], que estamos acostumados a ver. Talvez haja fios que poderão se unir a outros no sentido de recompor um insuspeito desenho desta renda de trama delicada e infinitamente bela. *Poesia Mabel* não se destina a isso mas poderá, frente a olhos atentos, apontar para alguns mistérios que julgamos bem guardados

....
16. Ver entrevista concedida por Julio Cortázar ao repórter Marcos Faerman, publicada no *Jornal da Tarde* sob o título "Cortázar", em 26 de abril de 1975.

pelo tempo, envoltos nos panos, nos tecidos e textos compostos a partir do arcabouço mítico de gerações e gerações dos Velloso de Santo Amaro.

Outros traz "causos" sortidos, contados em sua maior parte sobre a gente comum, que viveu ou conviveu em Santo Amaro e Salvador entre os Vianna e os Velloso, desde meados do século XIX. Hoje sociólogos, antropólogos, críticos e artistas têm voltado maior atenção para essa gente, pois é lá que se vê com mais propriedade a história da civilização. Nesse sentido Mabel, como boa aquariana, antecipa o futuro remontando ao passado, vindo da tradição oral, fazendo *patchworks*, colagens, colchas de retalhos com suas personagens. Dona Cici, Dona Rosa, João Soldado, Tetézinha compõe um mapa com a cara do Brasil, fazendo liga com o panorama socioeconômico e historiográfico da civilização. Besouro, por exemplo, é protagonista num conto-poema. Com ele, ou a partir dele, tecemos o fio que nos ligará ao Bembé do Mercado de Santo Amaro, único candomblé de rua do mundo que ainda hoje comemora no 13 de Maio a libertação dos escravos, e podemos ver ali aspectos importantes da formação desta religião de descendência africana fortemente enraizada no país.

Muito apropriadamente, o antropólogo Jeferson Afonso Bacelar em seu prefácio à edição de *Janelas* identifica Mabel como guardiã da memória e em sua narrativa "marcas proustianas de um tempo e espaço que não foram perdidos", pois ali está a *história da família nos sentimentos e cerimônias, mas também nos espaços do sobrado, nos móveis e objetos, nos sons, cores, cheiros que nos chegam com nitidez numa perfeita antropologia poética do cotidiano e do social.*

(...)
Alguns vizinhos pelas persianas
olham escondidos o namoro alheio.
Dentro, na sala, a TV ligada

fala do mundo de cruéis notícias
e pelos becos correm mexericos
de casamentos que caminham mal.
A noite espicha e a Cidade dorme.
Nos corredores as cadeiras calam
e pelos quartos confissões são feitas
antes do sono, quando o amor se deita... [17]

O dia-a-dia, a rotina, os afazeres da casa se mesclam e se fundem ao Eu e as imagens adensam-se criando instantes poéticos e dramáticos:

Cenas mudas como botar a mesa, catar arroz, arear talheres, acender o fogo de carvão com pedaços de casca de laranja secos, olhar o leite ferver, a espera quieta para ele não derramar... [18]

Sempre com rigor e delicadeza, a mão da poeta penetra os lares e os corações de sua cidade, de sua Bahia e, se necessário, sabe fazer a crítica severa, mas elegante, aos que por descaso ou defeito não cumprem seus deveres éticos de cidadania:

Para mim um sonho rico e muito grande: ter uma casa, em Santo Amaro, das que ficam ali, quietas, olhando o povo subir para a Praça, a Lira passar tocando, os meninos indo e vindo dos Colégios... das que não se importam que a Prefeitura lhes dê as costas (...)[19].

....

17. VELLOSO, Mabel, 1997. op. cit., p. 32.
18. VELLOSO, Mabel, 1990. op. cit., p. 39.
19. VELLOSO, Mabel , 1990. op. cit., p. 76.

Ou ainda:

*Meninos do Maciel
tão pequeninos, tão tristes
vivem sofrendo opressão*

*Será que o Centro Histórico
deixou de ter coração?* [20]

Num país como o nosso tudo o que se quer é que haja mais mabéis, guardiãs do tempo, cultoras de Mnemosyne (Memória), mais gente a preservar do que a destruir e dilapidar o patrimônio histórico, cultural e social de nosso povo em sua diversidade, pois o culto ao que veio antes não aponta sempre para saudosismo. Às vezes o olhar para trás é a melhor maneira, ou talvez a única, de se ir tocando em frente. O novo e o velho não são necessariamente excludentes e a convivência saudável no mútuo aprendizado parece ser muito inteligente.

Dona Canô é de 1907 e seu Zeca de 1901. Nascidos antes deles, outros também chegaram a contar histórias à pequena e atenta Mabel, que teve a boa sorte de ter um avô poeta, Anísio César de Oliveira Vianna, e que pode conviver de perto com suas duas avós, parteiras, Dona Pomba e Dona Júlia, além da presença constante de muitas tias, irmãs de seu pai. Muita história para contar! Crescer entre mulheres, na lida com as tinas de roupas, as lenhas do fogão ou os bastidores dos bordados, confere intensa possibilidade de experimentação numa espécie de mítica feminina da existência. As mulheres no interior do Brasil, à época, traziam às mãos

....
20. VELLOSO, Mabel. *Cem horas de Poesia* [Coletânea. Coordenação: Mabel Velloso]. Salvador: Multipress, 1991.

a colher de pau que movia os estômagos e os homens, sendo elas o centro, a viga mestra do lar, e as crianças que ali cresciam, desfrutando do ambiente, tinham a chance de ver o mundo se formar à sua frente, composto a partir do fino rendilhado estabelecido nas relações entre as pessoas e nas formas de convívio social. Falamos, talvez, de um tempo em que a vida "passava" ao vivo e não na TV, algo bem diferente da virtualdade *on line* que conhecem as gerações de meninos de hoje, cada vez mais distantes das conversas e das experiências passadas no boca-a-boca pelos mais velhos, ou pela leitura e "contação de causos" dos livros.

Foi há muito tempo...
A vida não me chegava pelos jornais nem pelos livros
Vinha da boca do povo na língua errada do povo
Língua certa do povo
Porque ele é que fala gostoso o português do Brasil.[21]

A Santo Amaro de Mabel tem um "era uma vez um lugar", uma casa de poesia em que as reminiscências e os bilros de *Janelas* fazem renda, como nesta antologia. Por aqui há muitas falas "na língua certa do povo" e as ligas desse caldo se dão a ver em forma de festa, amor e devoção, como se bem tivéssemos aprendido a moda de Dona Canô, doce senhora que a muitos ensina com seu saber viver : *Terno de Reis* (festa), *Candeias, Milagres, Romarias* (devoção) e *O sal é um dom* (amor). Em tudo, porém o amor ocupa o centro da mesa. Amor e poesia, sempre bem servidos entre os Velloso, cultores de Zeus hospedeiro, sabedores do valor da fagia (*phagós* - φαγός) na vida. Senhores: *"a poesia é para comer! "*[22] Isto sabem

....

21. BANDEIRA, Manuel. op. cit., p. 135.
22. Verso de Natália Correia frequentemente declamado por Maria Bethânia em seus concertos.

como ninguém! Mas, atenção: *Fome e apetite são coisas diferentes. Apetite é vontade de comer; é alegria de esperar o chamado: está na mesa! Fome, já disse um sábio, é vontade de comer sem esperança...*[23]

Entramos aqui num terreno bem conhecido de um outro poeta que, separado da Bahia pelo sertão, bem cozinha. Faz sopas e poemas com igual maestria e bem sabe do valor dessa fagia. Rubem Alves diz assim: "Minha relação com as sopas é mais que gastronômica: é uma relação de ternura. Elas me reconduzem à cozinha de minha casa de menino, ao fogão à lenha, às tardes de inverno"[24]. E somos remetidos de volta àqueles tempos de "antão":

Tenho saudade do que já foi, as velhas cozinhas de Minas, com seus fogões a lenha, cascas de laranja secas, penduradas, para acender o fogo, cheiro bom da fumaça, rostos vermelhos.
Minha alma tem saudades dessas cozinhas antigas... [25]

Com Mabel:

Gosto de me lembrar da nossa cozinha com fogão à lenha, fogareiros à carvão, e caldeira com água sempre quente.
Para acender o fogo, a cada manhã, era um ritual! Pegar o fósforo, riscar na caixa e começar as tentativas para acender as brasas. Cascas

---

23. VELLOSO, M. *O sal é um dom: receitas de mãe Canô*. Salvador: Corrupio; Rio de Janeiro: Nova Fronteira, 2008, p. 68.

24. ALVES, Rubem e BAUER, Christian. Está na mesa: *Receitas com pitadas literárias*. Campinas: Papirus, 2005, p. 25.

25. ALVES, R. op. cit., p. 83.

de laranjas secas, cascas de coco, pedacinhos de madeira, um pouco de maravalha para ajudar o fogo a pegar. O fogo vinha aos poucos, crescia, espalhava-se. Ia aquecendo o fogão e a cozinha. Logo, logo o cheiro do café coado enchia todo o espaço e chegava até a sala, onde a mesa para o café da manhã estava pronta, com as xícaras emborcadas. [26]

Com Ziraldo:

A anta já passou? – perguntavam. Sua passagem marcava as horas da tarde, seria a hora de servir o jantar? Mas o jantar estava sempre posto em cima do fogão, era só pegar o prato e se servir, o fogo estava sempre aceso e o feijão cozinhava sem parar. [27]

Parece que falamos de um tempo em que o Fogo Sagrado dos Lares, divina Héstia, jamais se deixava apagar. Ali, sentados com Mabel, Ziraldo ou Rubem, nos sentiremos à mesma mesa, à velha mesa daquela "casa", com a mesma saudade de nosso lugarinho, de nosso "pueblo", de "Santo Amaro". Saudade, palavra difícil de ser traduzida para outras línguas, é uma das mais encontradas nestas páginas e parece apontar para uma das marcas de *Poesia Mabel*: um Eu profundo desponta. Quer à Oswald, quer à Mario de Andrade, aqui se encontra aquele homem que "é brasileiro que nem eu"[28] .

Gilberto Freyre em seu livro de 1939, que complementa os estudos anteriores, *Manifesto regionalista* (1926) e o monumental *Casa-grande & senzala* (1933), nos orienta no sentido da busca por esse homem que habita

....

26. VELLOSO, M., 2008. op. cit., p.35.

27. ZIRALDO, op. cit., p.11.

28. Ver o poema "Descobrimento". ANDRADE, Mário. *Poesias completas*. 5ª ed. São Paulo: Martins, 1979, p. 150.

a formação do povo brasileiro. Maria Letícia M. Cavalcanti, no Prefácio de "Açúcar" diz assim:

O açúcar moldou nosso jeito de ser e nossa alma. "Sem açúcar não se compreende o homem do nordeste". Gilberto Freyre foi o primeiro a perceber sua importância na formação da nossa identidade. Ao sol ardente de campos cheios de cana, e nos engenhos primitivos ainda movidos por animais, logo seríamos o maior produtor de açúcar do mundo. Enquanto nas casas-grandes, em um ambiente de cheiros fortes e fumaças, ia nascendo aos poucos a doçaria pernanbucana – "debaixo dos cajueiros, à sombra dos coqueiros, com o canavial sempre do lado a fornecer açúcar em abundância". Com sabores, temperos, superstições e hábitos das três raças que nos formaram. Tudo na medida certa.[29]

As mesmas paisagens que gozam da justa medida encontramos na obra de Mabel e a viagem a seu Recôncavo será também uma viagem no tempo - que passa, enquanto olhamos das janelas a mudança dos hábitos e cenários da gente que habita o Recôncavo quente:

Casas de farinha
com seu cheiro forte
e seu forno quente
o pó se mistura
ao suor e à alma
da sua pobre gente[30].

....

29. FREYRE, Gilberto. *Açúcar: uma sociologia do doce, com receitas de bolos e doces do Nordeste do Brasil.* 5.ed. São Paulo: Global, 2007, p. 13.

30. VELLOSO, M. *Poemas Endereçados.* São Francisco do Conde: Alfa Gráfica Editora, 1987, p. 42.

Santo Amaro são tantas histórias que, por amostragem metonímica, bem poderíamos ver por lá a história inteira de nosso país, se a virmos da maneira como nos foi contada por Sérgio Buarque de Hollanda, Darcy Ribeiro ou Gilberto Freyre.

O mundo imaginário de Santo Amaro é um dos mais singulares de todo o planeta. Qualquer esboço histórico que se quisesse fazer, a tintas convencionais, tentando fixá-lo em livro ou similar ficaria, inevitavelmente, aquém de sua grandeza. Aqui, como se verá, poemas e vidas se confundem pelo mesmo tamanho que têm. A sensibilidade de Mabel criou uma nova maneira de se escrever e de se ler a história: resgatando poeticamente existências esquecidas e ou finalizadas pela fúria do tempo, fazendo-as contar, de viva voz, tudo aquilo que fomos antes da gente[31].

Mabel assina embaixo da história de Santo Amaro com a autoridade e o poder de quem a recria e redimensiona da maneira mais ampla possível pois que, num gesto de genialidade absoluta, leva-nos a perceber e a captar a amplitude poética do real.

A terceira parte desta antologia olha para um lugar mais amplo – ou mais complexo, o universo de todos *nós*, pedindo já na *Ladainha* a benção à Nossa Senhora Aparecida, Padroeira do Brasil. Mas também se volta para os *nós* que amarram e impedem o barco de chegar à plenitude do *Eu*, um eu que às vezes não se forma com um *outro* compondo um *nós*. "E a vida? E as asas? E o meu voo?..."[32] . O apelo dramático da trama principal não

....
31. Prefácio de *Trilhas* (1985), por Jorge Portugal, pp. 9-10.
32. VELLOSO, M., 1990, p. 17.

sai do pensamento e, mesmo à beira da queda do pano, a pergunta ecoa no coração *que não bate, apanha*[33], querendo nos levar de volta ao *eu*, aos medos, à Moça, às escadas, aos gansos e morcegos. O poema-prece inaugural roga por nós e *nós* é o que temos no último terceto, no qual desesperados buscamos um fio de Ariadne, algo que venha em nosso auxílio no labirinto desse bordado, algo que desamarre o que amarrado foi, pois tudo aponta para um moto-contínuo: - "Quando o meu socorro irá chegar?"[34].

A pergunta se fará de variadas formas, dentre as quais as mais eficazes e comoventes sejam talvez as cartas, que pressupõem por natureza um destinatário, um outro que ouça os fundos clamores, os pedidos de ajuda, os gritos por socorro. São bilhetes, mensagens que parecem crer que haverá um alguém do lado de lá, mesmo que se saibam apenas palavras em garrafas navegando a esmo, à deriva em alto mar:

Vim escrever para você um ponto final azulado! Azul de céu e mar de mágoa...
Uma gaivota passou voando sozinha e pousou no barquinho branco sem nome. Agora eu o chamo Gaivota e faço dele o meu correio. Esta carta vai ser levada no Gaivota. É uma carta de despedida, carta que vai me fazer voar sozinha como a gaivota... [35]

Há em *nós* cartas espalhadas, cartas de toda a gente, tiradas do fundo, de dentro de gavetas e caixas. Pena não podermos sentir com as mãos

33. VELLOSO, M. *Poemas de cor.* Livro inédito.
34. VELLOSO, M., 1990, p. 13
35. VELLOSO, M. *Cartas de dor Cartas de Alforria.* Salvador: Oiti, 2005, p. 69.

as texturas desses bilhetes, dos papéis de pão, afagar e confortar *as queixas silenciosas que engasgam e sufocam e que saem em pedaços de papéis escritos a medo, que se perdem em caixas de segredos*[36]

É uma folha de diário, uma página de um livro de receitas, de um caderno de rol de roupa, bilhete num guardanapo, carta escrita num saco de papel, num papel de embrulho, tudo escrito num susto, numa golfada de desespero, e que não são entregues. São fragmentos de horas amargas, de instantes de ciúme, solidão, angústia, passados para o papel.

Cartas em que a dor e a perda se apresentam lavadas pela enchente, pela "tromba d´água", querendo alforria. Nelas podemos penetrar apenas como *um voyeur que visita o interior desses diários, das frustrações que habitam o avesso destas camisolas, das agendas pessoais, dos bilhetes, das confissões derramadas (...)*[37]. Cartas que trazem mensagens de um Eu feminino na escrita:

Sabe-se que a primeira forma da escrita feminina foi o tear, o tecer, pois antes de ter acesso à escrita, à mulher só era permitido o silêncio eloquente traduzido em seus novelos, o testemunho de sua história bordado por suas mãos, urdindo a trama do seu enredo[38].
No dentro da casa e dos seres *circula a fala produzida pelo imenso estrondo do desencontro entre o masculino e o feminino, a fala desta distância com suas neuroses íntimas, suas manipulações, seus caprichos e rancores, como caroços duros embolotando a massa do amor.*[39]

....

36. VELLOSO, M. , 2005. op., cit. p. 9.

37. Prefácio de *Cartas de Dor Cartas de Alforria* (2005), por Elisa Lucinda**.**

38. Lucinda, E. op. cit.

39. Lucinda, E. op. cit

Cartas que trazem para o eu a dor do outro, como se à maneira de Pessoa Mabel bem soubesse o valor de ser um *fingidor*, um poeta, aquele que faz da palavra seu meio de expressão e de vida, um profissional da mimese. Mais: sabemos que "fingir é um estratagema para se alcançar a fugidia verdade dos sentimentos."[40]

"Meu interior é Santo Amaro. Meu exterior é Arembepe", disse com gosto, certa vez, Dona Mabel. E a voz grave de seus dizeres vem carregada de amargor e de doçura, sem que haja distanciamento entre as partes. O amaro na cidade da cana doce[41] imprime ecos de um tempo ou de um lugar onde "a tristeza é senhora"[42] sendo o berço do samba, do samba-de-roda! Assim percebemos a poesia de Mabel, feita de opostos complementares, dor e alforria, água doce e canavial flexado, arraias, céu azul, gaivotas, mares e morcegos, gansos, sótãos, cafuas e escuros medos.

Uma vez antes dissemos e ainda hoje assim é: *"Quando a leio, tanta tristeza; quando a vejo, só alegria. Mabel? Poesia"*.[43] Assim foi, desde o primeiro encontro, a história que aqui se consolida. E ao final das páginas ainda nos encontramos com as mesmas pernas bambas que tivemos quando nos vimos pela primeira vez diante desta senhora, mestra-guia, e de seus versos de vida.

Sendo tristezas e alegrias, retrato plástico, desenho, documento socioantropológico, *Poesia Mabel* é também canção, melodia. Se Bethânia canta como quem escreve[44], Mabel escreve como quem canta.

....

40. NUNES, Benedito. *A clave do poético*. São Paulo: Companhia das Letras, 2009. p. 31.
41. Ver Veloso, C., 2003. op. cit. pp. 18-22.
42. "Desde que o samba é samba", canção de Caetano Veloso gravada no disco *Tropicália 2*. op.cit.
43. Excerto de texto publicado na *Revista Balaio n° 3*, São Paulo, 2008.
44. Observação feita por Jorge Portugal no "Congresso sobre o canto e a arte de Maria

(...) ela escreve como quem nos conta! Quer dizer: escolher o caminho da poesia para "desempenhar essa tarefa" é mais audacioso e delicado do que se possa imaginar. Audacioso porque submeter uma existência inteira às leis do ritmo e talvez das rimas, seria correr o risco de restringi-la e quem sabe apequená-la. Mas a delicadeza entra em cena e a emoção que se concentra em cada palavra, em cada verso, reverte o que seria prisão na liberdade sem limites que cada poema traduz (...)[45].

Conto e canto irmanam-se afinal. Há, inclusive, muitos poemas seus musicados com grande sensibilidade, como "Amor maduro"[46] e "Lua"[47]. *A poesia se atrofia quando se afasta muito da música*, diz Ezra Pound. Em seus exames o ensaísta diz haver *três espécies de melopéia, a saber, a poesia feita para ser cantada; para ser salmodiada ou entoada; para ser falada*[48]. Em Mabel é assim: "Canto da terra", "Mulher: nos cantos e na poesia", "Meu primeiro canto", "Fa minto menor", "Contracanto I", ladainhas. A música está nos livros, no corpo, no ritmo, nos títulos dos poemas. Há diálogos com trechos e títulos de exemplares de nosso cancioneiro popular: "Sampa", "Guarda noturno", "Brincar de viver", "Meu bem querer", "Deus lhe pague".
Minha poesia não quer
um livro para prendê-la, sufocá-la.
O que ela quer é ser ouvida,
ser dita, ser repetida, ser cantada.
(...)

Bethânia" - Teatro Martim Gonçalves (UFBA), Salvador, fevereiro de 2010.

45. PORTUGAL, Jorge. op. cit., pp. 9-10.

46. Poema musicado por Ana Flávia Miziara, gravado por Belô Velloso (BMGV).

47. Poema musicado por Roberto Mendes, gravado no disco *Ciclo* de Maria Bethânia (Universal, 1983).

48. POUND, Ezra. *ABC da literatura*. 11.ed. São Paulo: Cultrix, 2006, p. 61.

Minha poesia quer cantar baixinho
como quem reza, como quem nina[49].

Um "Canto triste"[50] :

Eu vivo a cantar sozinha
como cigarra num galho
ninguém para me aplaudir
ninguém para me escutar
Eu vivo a cantar sozinha
no meu galho triste frio
e canto canto
não choro
é esse meu desafio[51].

O canto e a poesia são pares desde as suas origens, quer na parceria Canô e Zeca[52], quer nos poemas védicos, quer na Grécia arcaica, desde os aedos e de seus cantares. Segundo Wisnik[53] a música e a palavra se encontram em momentos felizes de conjunção (...), desses que acontecem em ciclos culturais que dependem não se sabe de quais fatores. (...)

....

49. VELLOSO, M. (1997). op. cit., p.14.

50. Canção de Edu Lobo e Vinícius de Moraes (Lobo Music/Tonga-BMG, 1967).

51. VELLOSO, M. *Pedras de Seixo*. Salvador: Contexto & Arte, 2000, p.59.

52. Depoimentos dados pelos filhos do casal apontam o pai, seu Zeca, como um amante da poesia, que ninava suas crianças com versos e recitava poemas pela casa, e a mãe, dona Canô, como afinada cantora, inclusive de certas árias de óperas, dona de apurado gosto na escolha de repertório. Podemos ouvi-la em discos de Maria Bethânia, Caetano e de J. Velloso e até mesmo vê-la cantando em *Cinema falado*, um filme de Caetano Veloso (Universal Music, 1986).

53. Comentários de José Miguel Wisnik transcritos a partir do filme *Palavra En(cantada)* (2009), op. cit.

No Brasil a poesia e a música vieram a se encontrar e produziram uma ligação que ao mesmo tempo é da poesia com a música e é da cultura letrada com a cultura oral; ou, se quisermos, do erudito com o popular.

Santo Amaro é um desses "momentos felizes de conjunção". Tudo ali é música e palavra, sagrado e profano, popular e erudito. Tudo tropicália! Tudo comunhão, dissonante complemento, fusão. Não poderia ser diferente para Mabel. O samba marcado na palma da mão e o metrônomo marcando os compassos nas aulas de piano de Dona Haydil; a novena de Nossa Senhora da Purificação e a música "dividida", espalhada no cor-de-rosa do pé de jambo das rodas de samba de seu quintal; os repiques, os sinos das igrejas, os cortejos silenciosos pelas ruas e as festas, os atabaques iorubás. E não esqueçamos as aulas da professora Mabel, que principiam sempre num cantar: "Minha jangada vai sair pro mar/ Vou trabalhar, meu bem-querer"[54].

Na música *mabélica*[55] identificamos tímidas expressões formulares, marcas da oralidade, recurso utilizado por aedos gregos nos cantares dos poemas homéricos, como "de um ano que longe vai" ou "um ontem bonito". Há ali uma profusão de prosas e versos, desde os livres e brancos às formais redondilhas maiores e menores, tendo sido, entre estas a maior parte composta em heptassílabos. De tradição medieval e trovadoresca a medida remonta aos cantadores, sendo este o metro privilegiado pelos cordelistas nordestinos, pelos jesuítas quinhentistas e pelos poetas populares. Assim, cantando seu povo, sua histórias, e os "causos" de sua gente, Mabel torna-se literatura rara, como pouco se encontra hoje em dia, pois fala com vigor e

---

54. Canção de Dorival Caymmi, "Suite dos pescadores", gravada no disco *Caymmi e o mar* (Odeon, 1957).

55. Termo cunhado por Elisa Lucinda em seu prefácio à Cartas de Dor Cartas de Alforria.

emoção e cala fundo no peito onde quer que se a leia. Conta a quem quiser ouvir. Comunica, chora, canta e ri. E fazendo tudo isto muito bem, faz mais: é mapa guia de Santo Amaro e, sendo assim, é passaporte que confere a quem o queira o direito de lá viver para sempre, mesmo sendo "para sempre" muito tempo. É bom lembrar que Santo Amaro aqui será bem mais do que uma cidade, mas um jeito de ser e de viver.

Érika Bodstein e Valéria Marchi
Abril de 2010

índice de títulos e primeiros versos

CA - Candeias. Milagres e Romarias.

CD - Cartas de dor Cartas de alforria

CH - Cem horas de Poesia

DO - Donas

GD - Gritos d´estampados

JA - Janelas

MC - Mulher: nos cantos e na poesia

MP - Muito prazer

MV - Mato verde magia

PC - Poemas de cor

PE - Poemas endereçados

PG - Poemas grisalhos

PI - Poemas inéditos

PS - Pedras de Seixo

RE - Revelando

SD - O sal é um dom

TE - Terno

TR - Trilhas

?

?, PS, 293

1

1. A lua está meia lua, MC, 407

A

A capoeira de Angola, TR, 255
A casa da gente era grande e tinha quintal., JA, 19
A casa onde nasci era grande., JA, 163
A chuva cai de mansinho, PS, 312
A frente da nossa casa dava para a Rua Direita, o fundo para a Rua do Amparo., JA, 359
À LUA, PS, 292
A memória musical do Recôncavo vive guardada nas ruas, nas praças, nos becos de Santo Amaro., DO, 194
A minha cama cresce, PS, 306
A minha mão ensaiou um gesto de carinho, PE, 326
A moenda rangia tristemente, PS, 49
A mulher é como a lua:, GD, 374
A ninguém pode deixar de interessar, MC, 270
A NOITE, MC, 320
A poesia que escrevo, MV, 291
A Reitoria cheia de gente e música., CD, 409
A rua estreita vai fazendo curvas, PG, 332
A sala de jantar era grande e muito clara, JA, 171
A semeadura é livre, PS, 392
Abençoadas as portas escolhidas para receber o Terno de Rei., TE, 317
Abri a janela e olhei a lua., JA, 102
AÇÚCAR-CANDE, PS, 59
ADIVINHAS, PS, 406
Agora mesmo achei graça, PS, 82
Águas mornas, 1979, CD, 370
Ajudem-me a encontrar uma luz, CH, 301

Além da mangueira tínhamos pés de pinha e araçá no quintal., JA, 190
AMARGURA, PS, 416
Amiga, MC, 246
AMOR CHUVA, PS, 30
AMOR GENTE, PS, 32
AMOR MADURO, PG, 418
AMOR MODERNO, PS, 397
AMOR RAIZ, PS, 399
ÂNCORA DOR, PE, 55
ANDANDO, PS, 47
Andando à margem do rio, PS, 47
ANJO PRETO, PS, 39
ANOITECENDO, PG, 332
ÂNSIA, MV, 334
Aquela pobre mulher, GD, 271
ÁRVORE DE TRISTEZA, PS, 56
As casas todas de taipa, PE, 350
As lembranças, CH, 368
As minhas pedras de seixo, PS, 70
As noites em Santo Amaro são de uma frieza gostosa., JA, 27
As pessoas que me amam, PC, 391
As tuas mãos, PS, 308
Atravessei a ponte, MV, 389

B
BALANÇO, PG, 78
BANCOS, MC, 270
BARQUINHOS, PI, 110
BARRO, PS, 46
BEIRA DE ESTRADA, PE, 350
BEM COM O MUNDO, PS, 394
BESOURO, TR, 255
BILHETES, PG, 106
BOLA RASGADA, GD, 275
BOLO SOLADO, PS, 58

BONDE VELHO, PS, 100
BONECAS, PS, 35
BRINCANDO, CH, 346

C

Cadê a escada bonita, PS, 60
CADÊ?, PS, 60
Caiam em mim, MP, 401
Cala a boca coração, PS, 74
Canavial flechado, 1978, CD, 52
CANÔ E ZECA, TR, 172
CANSAÇO, PS, 80
CANTINA DA LUA, PE, 386
CANTO DA TERRA, MV, 353
Cardiopatite?, PC, 369
Casa cheia tem sempre alegria correndo pelo corredor., PI, 408
CASTELOS DE AREIA, PG, 349
CHEIROS, PG, 384
Cheiros diversos, CD, 1972, 383
CHICA, PE, 244
Cidade do interior, 1980, CD, 310
CIGARRA, PS, 41
CIRCO, PS, 98
Como lembro da Pharmacia, PS, 59
Como num momento, PS, 293
CONFESSANDO, PS, 53
Conheci o Doutor Luis, TR, 180
Conheci tio Dioguinho, TR, 186
CONTRACANTO I, 120
CONTRASTE, MC, 344
CORAGEM, PE, 327
COVARDIA, PE, 326
CRIANÇAS DO MACIEL, CH, 266
Crisálida de mim, MP, 411
Curvo-me diante, MP, 323

D
D. Cé era a parteira, TR, 195
Dai-nos a benção, ó Mãe querida, PI, 283
DE MÃOS DADAS POR UM FIO, GD, 277
DE ONDE VIM, PS, 314
DE VOLTA, PS, 348
Deixe eu acariciar, PE, 101
Dentro de mim, MP, 403
Dentro do meu peito, PC, 362
Depois do portão de ferro ficava a primeira parte do nosso sobrado., JA, 216
Depois que minhas filhas cresceram comecei a viver um sonho que elas acharam pequeno e muito pobre., JA, 414
Desconfiei que você estava com outra quando os presentes começaram a chegar., CD, 302
DESEJO CAIPIRA, MP, 352
DESEJO NEGADO, PS, 337
Detesto traição., JA, 304
DEUS LHE PAGUE, PS, 393
Deus lhe pague esse dia, PS, 393
Deus vos salve, PS, 292
DIA AZUL, PS, 76
Diga trinta e três..., PC, 307
DIOGUINHO, TR, 186
DISTÂNCIA, PS, 306
DNA, PG, 57
DOCES MENTIRAS, PS, 305
Domingo sem graça, 1979, CD, 341
DONA ADÉLIA, DO, 210
DONA CECÍLIA, TR, 195
DONA CICI, DO, 199
Dona Cici era em verdade dona Alice., DO, 199
DONA CLEUSA, DO, 236
DONA DAPAZ, PI, 241
DONA DEJA, DO, 225
DONA DINA, DO, 214
DONA DINORAH, DO, 238

DONA EDITH, DO, 194
DONA FLOR, DO, 217
DONA IAIÁ, DO, 227
DONA IRAMAYA, PI, 220
DONA JUJU, DO, 161
DONA JÚLIA, DO, 155
Dona Julinha com a cabeça toda branca pensava como poucos jovens., DO, 155
DONA MINA, DO, 164
DONA NORMA, DO, 233
DONA POMBA, DO, 158
DONA ROSA, DO, 201
DONA SINHAZINHA E DOUTOR BATISTA, TR, 174
DONA ZÉLIA, PI, 230
DOR DE CÃO, PE, 101
DOUTOR LUIS TORRES, TR, 180
DUALIDADE, MP, 48

E
é meia noite, PS, 333
É meia noite o tempo anda lá fora, MV, 334
ECO, PS, 345
Ela morava na Rua do Rosário., DO, 210
Ele põe na Loteca, GD, 274
Em que pássaro fui transformada?, CH, 104
Enchi a cabeça, PS, 51
Engoli tantos sapos..., PC, 388
Enquanto morei no sobrado não tive relógio., JA, 357
Entrando em Jeari, fiquei comovida olhando o canavial flechado, CD, 52
ENTROU POR UMA PORTA..., PG, 45
Era uma vez um menino, GD, 260 PG, 277
Era uma vez... foi um dia, PG, 45
ERRO, PS, 299
ESCONDE-ESCONDE, PS, 63
ESPAÇO, PS, 73
Esquecer é uma ciência., JA, 419

Esta noite não dormi direito, PS, 406
ESTAÇÕES DA VIDA, PE, 354
Estar em Santo Amaro, hoje, é como se ainda eu fosse pequena, sem meus horários, vivendo com os horários de nossa casa., SD, 412
Estava cheia de mágoas, PS, 377
Estou cansada desta Cidade., JA, 89
Estou com o corpo quente, PS, 50
Estou morrendo aos pouquinhos, PC, 410
Eu conversei, PS, 345
Eu faço mar., CH, 346
Eu já lavei tanta roupa, PS, 81
Eu joguei fora o relógio, PS, 358
EU LEIRA, CH, 90
Eu não sou soca de cana, PS, 129
Eu não te soube amar, PS, 299
Eu queria, PS, 337
Eu queria ter certeza, PE, 150
Eu queria trazer, PE, 380
Eu sou filho de um pobre barqueiro, PI, 110
Eu Te dei meu coração, PC, 364
Eu te esperei, PS, 46
Eu tive um amor assim como uma chuva, PS, 30
Eu vim de um lugar onde o rio, PS, 314
Eu vivo a cantar sozinha, PS, 41
Eu vou pegar, PS, 395
Eu vou trocar de bem hoje com o mundo, PS, 394
EU, MENINA, PG, 94

F
FA MINTO MENOR, GD, 264
Falar de você, MC, 372
FALTA AÇÚCAR, PS, 300
Faz frio e estou só., MC, 320
Felicidade para mim não era "brincadeira de papel", JA, 40
Festa das Candeias, 1980, CD, 324

Festa de fevereiro, 1977, CD, 375
Festa de São João, fumaça e frio de 1978, CD, 319
Festa na Reitoria, 1989, CD, 409
FIM, CH, 104
FONTE DO OITI, PS, 71

G
Gota a gota, MP, 336
GOTAS DE PRAZER, MP, 401
Gracilina era morena, TR, 182
GUARDA NOTURNO, PE, 105

H
Hoje acordei sentindo o cheiro do curral., CD, 383
Hoje estou leve, PS, 73
Hoje eu chorei de alegria, PS, 75
Hoje me vi no retrato antigo!, PG, 94

I
Ioiô Batista e Sinhazinha, TR, 174

J
Já conheço todas as suas manhas., CD, 375
JOÃO SOLDADO, TR, 258
João Soldado morava, TR, 158
JORGINHO, MEU BEM QUERER, PE, 150
Jovina, Clara, Isabel, PS, 33
Ju, minha filha mais velha era tranquila., JA, 198

L
Lá em casa sempre se rezava muito., SD, 168
Lá vai minha mãe, PG, 145
LAÇOS, MC, 373

LADAINHA DE SALVADOR, PG, 139
LADAINHA DE SANTO AMARO, PG, 11
LADAINHA DO BRASIL, PI, 283
LÁGRIMA, PS, 75
LALA, PS, 149
LAMARTINE JANSEN MELLO, TR, 177
Lamartine muito cedo, TR, 177
LEILÃO, PS, 97
LEMBRANÇAS, MP, 88
Lembro da sua casa na Rua do Amparo., DO, 217
LIÇÃO, PS, 376
LINDAURA VELLOSO COSTA, TR, 169
LUA CHEIA, PE, 330
LUZIA - CUMCUM, TR, 247

M

MÃE CANÔ, PG, 145
MÃE CILINA, TR, 182
MÁGOAS, PS, 377
MARCAS, PS, 50, MC, 363
MARIA TÁBUA E GUIBA, TR, 184
MEDOS, CH, 64, PS, 65
MEINTEIRA, PS, 333
Menino buchudo, GD, 264
MENINO DAS PALAFITAS, GD, 262
MENINO DE CABELO VERDE, PS, 26
MENINO DO MAR, PG, 260
MEU AMOR, PS, 318
Meu amor envelheceu dentro de mim, PG, 418
Meu amor foi uma criança, PS, 318
MEU AVÔ, PE, 148
Meu bonde velho, PS, 100
Meu coração bate mais nas madrugadas, PC, 321
Meu coração já cantou roda comigo, PC, 355

Meu coração passou, PC, 385
Meu coração pensou em viajar, PC, 382
Meu coração toma diversas formas..., PC, 400
Meu corpo é um porto, PE, 55
MEU MASSAPÊ, PS, 22
Meu massapê é gostoso, PS, 22
Meu Pai assoviava para chamar minha Mãe, JA, 144
Meu pedacinho de terra, PS, 26
MEU PRIMEIRO CANTO, PS, 16
Meu quarto era claro, PS, 68
MEU RECÔNCAVO, PE, 20
Meus desejos, PS, 329
Meus irmãos e muitos amigos queridos são filhos de dona Cleusa., DO, 236
Minha Avó era neta de uma Índia Pataxó, JA, 157
MINHA BANDEIRA, PS, 29
Minha boca, PS, 335
MINHA COLHEITA, PS, 392
Minha Daia em Santo Amaro, TR, 169
MINHA ESCOLA, PS, 36
MINHA MANGUEIRA, PS, 17
Minha mão de poeta, CH, 86
Minha poesia anda amarrada, PG, 131
Minha poesia hoje, PS, 388
Minha Praça, PS, 28
Minha saudade gosta de se balançar, PG, 78
Minhas bonecas de louça, PS, 35
MINHAS FILHAS, PS, 33
Minhas filhas estão maiores e já não choram nos berços., JA, 96
Minhas filhas mamaram no meu peito., JA, 224
Minhas filhas nasceram em dias ímpares!, JA, 34
MINHAS PEDRAS, MINHAS MÁGOAS, PS, 70
MOENDA, PS, 49
MOMENTINHO, PS, 396
MOMENTOS, MC, 407
Mortalhas e confetes, CD, 1987, 294

MULHER, MC, 372
MULHER-LUA, GD, 374
MURIÇOCA, TR, 249

N

Na casa da Rua do Amparo as cadeiras ficavam no corredor e, à tardinha, corriam para a porta., JA, 99
Na cozinha ficavam a máquina de moer carne presa na cabeceira da mesa, JA, 209
Na festa, PS, 29
Na Itapema nossos dias eram azuis de céu e mar..., JA, 72
Na mesa farta, o almoço servido., SD, 147
Na sala do piano não tinha retratos na parede como nas outras casas que eu tinha visto., JA, 367
Na terra doce do açúcar, TR, 172
Na varanda eu brincava de Mãe e de Professora., JA, 38
Não há mais o Conde, PS, 24
Não sei mais dela., MC, 378
Não tenho dormido:, PE, 105
Nas salas de aula do Ginásio Itapagipe a minha professora de Português descobriu em mim a poesia que eu nem sabia onde vivia escondida., PI, 220
Nascer mulher, MC, 373
Nasceu bonitinho, GD, 268
Nasci numa casa grande, PS, 17
Nasci numa madrugada, PS, 16
Nascida no dia 11 de julho, perto do dia de Nossa Senhora do Carmo, recebeu o nome de Maria do Carmo, DO, 227
Natal de solidão, 1978, CD, 302
Nestor Oliveira veio, TR, 191
NINHO, MP, 404
No álbum as fotos, RE, 116
No dia em que minha Avó morreu eu não sabia chorar pela morte., JA, 213
No meio do quintal, um pouco além da mangueira, havia um tanque redondo., JA, 235
Noite de Reis, 1979, CD, 316

Noite de seresta, 1970, CD, 322

Nós brincávamos de drama no quintal., JA, 179

Nos dias de festas maiores lá em casa, muitas vezes fazíamos o prato e porque as mesas estavam completas, íamos comer em baixo do pé de jambo que dava uma sombra gostosa bem na porta do quarto de Maria Bethânia., SD, 417

Nós tínhamos tudo para sermos felizes, mas ele não suportava a minha alegria., CD, 294

Nossa Senhora, Mãe de Jesus, PG, 11, PG, 139

Novamente essa porcaria desse relógio parado., MC, 360

NOVO MEDO, PS, 66

Numa das árvores do nosso quintal, tinha a gangorra, SD, 77

Numa quarta-feira de cinzas, dia de ressaca, eu, JA, 42

O

O "xodó" das festas lá em casa é o bolo confeitado ou bolo de vela!, SD, 92

O caminho é longo, MP, 413

O canavial flechado, PC, 311

O cheiro de querosene do candeeiro, PG, 384

O JOGADOR, GD, 274

O mar agora está calmo., CD, 347

O melhor tempo de mim entrou pelo portão de ferro, JA, 31

O menino magrinho, GD, 275

O meu amor não foi, PS, 399

O meu Avô foi poeta, PE, 148

o meu dia foi azul, PS, 76

O meu radinho de pilha, PS, 87

O meu relógio oito está parado, PS, 356

O PADRE, TR, 188

O sobrado era grande e todos os quartos eram cheios de camas sempre cobertas com colchas de flanela., DO, 214

O sobrado era tão grande que dentro dele cabia o Telégrafo., JA, 160

O sobrado foi vendido., JA, 280

O som do radinho de pilha, MP, 88

O SONHADOR, GD, 272

O sótão da minha casa, PS, 63

O trem!, CA, 351
O único lugar escuro do nosso sobrado ficava no sótão - a cafua., JA, 62
OBRIGADA, PS, 379
Olhando a gaivota, 1980, CD, 347
Olhar pela janela do trem o canavial dando idéia de que corria atrás, desejando ir também..., CA, 354
Olhe, moça, eu sou braba quando me ferem., CD, 370
ONDAS, PS, 54
Os brinquedos que enfeitaram o meu tempo de menina brincavam em todos os cantos da casa., JA, 229
Os corredores me amedrontavam, CH, 64
Os santos de lá de casa, PS, 166
Os sobrados cansados do passar do tempo, PG, 415
Os telhados das casas vizinhas do nosso sobrado, JA, 67
Ouço o conselho: Não pense em escrever um Conto para Zélia Gattai., PI, 230

P
Pai nosso que foste para o céu, PE, 143
PAISAGEM, PS, 312
Papai Noel, , 120
PAPELOTES, PS, 51
Para fazer o curso pedagógico meus pais procuraram um pensionato perto do Instituto Normal, DO, 225
Parece maluquice, mas quando não estou na casa de minha mãe e vou preparar qualquer comida, só confio que tudo ficará gostoso se os ingredientes que for usar tiverem vindo de Santo Amaro., SD, 219
PARTIDA, MV, 389
Passeavam por toda casa, especialmente pelos corredores, dramas pessoais., JA, 313
PASSEIO, MV, 390
Pego a farinha de trigo, PS, 58
Pego as pontas do avental, MC, 83
Pensei escrever uns versos, PS, 80
Perder foi sempre muito difícil., JA, 343

Pessoas queridas são lembradas nos versos cantados com alegria., TE, 315
PINGOS DE UM DESEJO, MP, 336
Plantaram mágoas no meu coração, PS, 56
Plantaram muita coisa em mim, CH, 90
PONTAS DO AVENTAL, MC, 83
POR FAVOR, PS, 387
por mostrar-me as estrelas, PS, 379
Por que, PS, 43
Por que nas horas de sono, MC, 339
Por que nesses olhos negros, PS, 149
POR QUÊ?, PS, 43
Porque nasci mais morena, PS, 39
POSSE, PS, 296
PRA TE AGRADAR, PS, 395
PRAÇA DE MINHA TERRA, PS, 28
PRECE, CH, 301
Preciso encontrar o meu passado,, PG, 79
PRESENTE, PG, 79
PROBLEMA, PS, 298
PROFESSOR NESTOR, TR, 191
PSIU..., PS, 74

Q
Quando acordo, se choro, minha lágrima tem gosto de caldo de cana, JA, 23
Quando as brasas da fogueira começaram a apagar, foi que você chegou para a festa., CD, 319
Quando Dona Zinha e Seu Ismael ganharam mais uma filha a notícia se espalhou entre os vizinhos., DO, 238
Quando eu era menina, pensava em Nossa Senhora da Purificação, em Nossa Senhora da Candeias, as duas..., CA, 325
Quando o trem apitou, meu coração me disse que você não viria hoje., CD, 324
Quando os galos cantavam, ela já estava de pé., DO, 161
Quando os Ternos passaram aqui na porta, todas as lanternas do meu coração se apagaram para você., CD, 316
Quando publiquei "Donas" senti que faltaram algumas que sempre estiveram no

meu coração., PI, 241
Quando soube que você estava apaixonado por ela, quase morri., CD, 322
Quanto dura esse amor, PS, 397
Que bichinho, PC, 405
Que caminho seguir, CH, 103
Que canto mais triste é esse que desce, MV, 353
Que chuva mais bonitinha, MV, 390
Que dia comprido, meu Deus!, CD, 341
QUE FIM LEVOU, MC, 378
Que momentinho mais doce, PS, 396
Que penetrem, MP, 404
Que roupa mais branca, PE, 244
Quem anda por Santo Amaro, TR, 247
Quem dá mais, PS, 97
Quem é aquela que não canta?, DO, 201
Quem marcou em minha pele, MC, 363
Queria ser poeta, PG, 106

R
RADINHO DE PILHA, PS, 87
RAIO DE SOL RAIO DE LUA, PS, 338
REALIDADE, CH, 86
RECAÍDA 2, PS, 81
Reflexo de mim, MP, 48
RELÓGIO OITO, PS, 356
RETALHADA, PS, 335
Retratos nas paredes, quadros com o ouro derramado, livros, muitos livros nas estantes e na mesa farta encontros com os amigos..., DO, 233
REVELANDO, RE, 116

S
SANTA CLARA, PS, 166
SANTO AMARO, PS, 24

Santo Amaro teve histórias, TR, 184
SAUDADE, PI, 122
Saudade caída, PI, 122
Se as ondas do mar, PS, 54
Se estivesses aqui agora, PS, 53
Se eu morasse numa Cidade grande, ia dar um jeito em minha vida – eu pensava., CD, 310
Se eu pudesse te ver, PS, 305
SE EU TIVESSE UMA CASA, PS, 69
Se você me quisesse, PS, 298
SEM HORA, MC, 360
SEM HORAS, PS, 358
SEM LÁPIS DE COR, GD, 268
SEMENTE, MV, 291
Sempre tive muita fé na vida, PG, 57
SERAFIM - SERÁ, TR, 253
Serafim é preto magro., TR, 253
Seu nome era Maria Clara Velloso, neta de uma índia pataxó., DO, 158
Seu nome Isabel constava apenas nas certidões de nascimento e batismo., DO, 164
SIM, PG, 131
Sim, sim, sim, MC, 344
SÓ, CH, 103
SOBRADOS, PG, 415
SOCA DE CANA, PS, 129
Sol e mar..., MP, 402
SOM E IMAGEM, MC, 84
SONHO LIMITADO, MC, 246
Sonho sempre com as ruas de Santo Amaro., JA, 135
SONHOS QUE NAVEGAM, MP, 402
Sonhou que o mundo era um campo, GD, 272
Sou como um circo de lonas estragadas, PS, 98
Sou tão feliz, PS, 32
SUBMISSO DESEJO, MP, 323

T
TELHA VÃ, PS, 68
TEMPO, PS, 365
TEMPO vamos fazer uma troca?, PS, 365
Tenho medo da rua, CH, 65
Tenho medo de voar, medo do homem que voa, dos bichos que voam., PI, 309
Tenho saudade da Escola, PS, 36
Tentaram me ensinar, PC, 340
Terras molhadas, PE, 20
TETEZINHA, TR, 251
Tetezinha se vestia, TR, 251
TIRANDO O AVENTAL, PS, 82
tirei o mar dos meus olhos, PS, 348
Tomei banho na fonte, PS, 71
Trançam ruídos, MC, 84
TRAVESSEIRO, MC, 339
TROCA, PS, 297
Trocaria com prazer, PS, 297
TUAS MÃOS, PS, 308
Tudo aqui em Santo Amaro, TR, 188

U
Um dia um raio de sol, PS, 338
Um novo medo, PS, 66
Uma casinha de taipa, MP, 352

V
Vem, coragem, toma-me a mão, PE, 327
VENDO CRESCER UM SONHO, MP, 403
VIDA, PS, 329
VIDROS, CH, 368
VIROU MARIA VIRA-LATA, GD, 271
Vivi no sobrado muitos anos., JA, 44

VOANDO PARA SONHAR, MP, 411
Você me cercou de angústias, PS, 376
Você me esquece, PS, 296
Vou para a cozinha., JA, 85
Vou sair de noite, PE, 330

Z
ZEZINHO VELLOSO, PE, 143

© Mabel Velloso, 2013

Coleção Laranja Original - Editores
    Jayme Serva
    Joaquim Antonio Pereira
    Miriam Homem de Mello
    Filipe Eduardo Moreau

Projeto Gráfico e Capa
    Adriana Alves

Nesta edição, respeitou-se o novo Acordo Ortográfico da Língua Portuguesa

Uma publicação da Editora Intermeios Ltda.
Rua Luís Murat, 40 - Pinheiros, São Paulo, SP, cep 05436-050
(55 11) 23388851 / 43239737
www.intermeioscultural.com.br

Dados Internacionais de Catalogação na Publicação - CIP

V441   Velloso, Mabel.
Poesia Mabel. / Mabel Velloso. Organização de Érika Bodstein e Valéria Marchi.
Prefácio de Caetano Veloso. – São Paulo: Intermeios, 2013.
(Coleção Laranja Original).
480 p.; 16 cm

ISBN   978-85-64586-48-2
1. Literatura Brasileira. 2. Poesia. 3. Antologia Poética de Mabel Velloso.
I. Título. II. Bodstein, Érika, Organizadora. III. Marchi, Valéria, Organizadora. IV. Veloso, Caetano. V. Intermeios Casa de Artes e Livros. VI. Série.

CDU   821.134.3(81) | CDD   B869.3

Catalogação elaborada por Ruth Simão Paulino

Fonte ITC Garamond
Papel (miolo) Rustic Bold 80g/m²
Papel (capa) Cartão Supremo 300g/m²
Impressão Graphium
Tiragem 1000 exemplares